ビストロ三軒亭の奇跡の宴

斎藤千輪

角川文庫
21815

Bistro Sangen-tei
Contents

目次・扉イラスト　丹地陽子
目次・扉デザイン　西村弘美

主要登場人物

神坂隆一《かみさかりゅういち》　三軒亭《さんげんてい》の若きギャルソン。元セミプロの舞台役者。
伊勢優也《いせゆうや》　オーダーメイドの料理を提供する三軒亭のオーナーシェフ。
室田重《むろたしげる》　伊勢の叔父《おじ》で共同経営者でもあるオネエ口調のソムリエ。
藤野正輝《ふじのまさき》　隆一の先輩ギャルソン。元医大生の知的なメガネ男子。
岩崎陽介《いわさきようすけ》　隆一の先輩ギャルソン。サッカー好きのムードメーカー。

ビストロ「三軒亭」スタッフ紹介

伊《い》勢《せ》優《ゆう》也《や》（シェフ）

年齢：33歳
好きなもの：名探偵ポアロ
性格：理知的だがロマンチスト

神《かみ》坂《さか》隆《りゅう》一《いち》（ギャルソン）

年齢：22歳
好きなもの：演劇
性格：情深くて熱血漢

イラスト／丹地陽子

Bistro Sangen-tei Characters

岩《いわ》崎《さき》陽《よう》介《すけ》（ギャルソン）

年齢：23歳
好きなもの：サッカーと猫
性格：無邪気で朗らか

藤《ふじ》野《の》正《まさ》輝《き》（ギャルソン）

年齢：26歳
好きなもの：メガネ
性格：沈着冷静で生真面目

室《むろ》田《た》重《しげる》（ソムリエ）

年齢：44歳
好きなもの：ワイン
性格：穏やかで面倒見がよい

プロローグ

夕暮れの秋空に、オレンジ色のうろこ雲が広がっていた。

まるで空を泳ぐ巨大な魚の鱗《うろこ》のように、小さな雲が無数に点在している。

イワシの群れのようでもあるから〝いわし雲〟とか、サバの模様のようだから〝さば雲〟とも呼ぶらしい。

ビストロ三軒亭《さんげんてい》のバルコニー席で給仕をしていた神坂隆一《かみさかりゅういち》は、ほんの一瞬だけ、窓の外に広がる世田谷《せたがや》・三軒茶屋《さんげんぢゃや》の夕景に心を奪われた。ビルの五階に店があるため、遠くまで空が見渡せる。

綺麗《きれい》だ。雲がただひたすらに美しい。それに……。

空に浮かぶイワシ、サバ。食欲の秋にふさわしい呼び方ですよね。

などと目の前のゲストに話しかけようとしたら、ナイフとフォークを動かしていた彼女が、「秋サバのポワレ、すっごく美味《おい》しい」と相好を崩した。

そう、彼女が食べていたのもサバだった。

皮目をカリッと香ばしく焼いた秋サバ。ソースは粒マスタードをほんのりときかせたヴァンブラン（白ワイン）ソース。そのサバをグルリと囲むように、松茸《まつたけ》と栗のソテーが彩っている。

「脂がのっててフワッとしてる。お魚は火入れが大事だけど、これは絶妙ですね。松茸もいい香り。秋を食べてるーって感じ。ねえ、エル」

三軒亭の大事な常連客の一人、浅井小百合《あさいさゆり》が足元の黒いパグに声をかける。

ペット用の皿に盛った秋サバのボイルをキレイに平らげていたエルが、シワの寄った目元をパチリと見開き、ハアハアと舌を出した。

「あ、もう食べちゃったの？　相変わらず早いなあ」

「よろこんでもらえたようでうれしいです。エルちゃんのお皿、お下げしますね」

床に手を伸ばそうとしたら、小百合から「ペット用のメニュー、もう一度見ていいですか？」と言われたので、「もちろん」と要望に応じる。

「もう少し、エルになんか頼んであげようかな……」

小百合がペット用のお品書きを見つめる。

そこには、「秋サバのボイル」「秋サケのソテー」「鴨のグリル」「ホットケーキ」「栗のプリン」と書かれてある。

塩味や甘味、油を控えたペット用の日替わりメニューだ。

ここは、ガラス戸で仕切られたペット同伴可のバルコニー席。二席しかないテーブルは、家族同然の犬や猫を連れた人々に人気があった。そんなゲストたちからのリクエストが増えたため、シェフがペット用のメニューを考案したのである。

「ホットケーキ……かな。エル、食べる？」

話しかけられたエルが、うれしそうに尻尾《しっぽ》を振る。人の言葉が分かっているのかもしれない。もしくは、気持ちが伝わっているのか。

「食べるに決まってるよね。隆一さん、お願いします。あと、ペリエをもらえますか？」

「かしこまりました」

空いた皿を手にメインフロアへ出て、厨房《ちゅうぼう》を目指す。

赤を基調とした小さな店内。バーカウンターの奥にずらりと並んだクリスタルのグラスが、天井の灯《あか》りを反射して光を放っている。アンティーク風の本棚に翻訳ミステリーの文庫やグルメ雑誌が並んでいるのは、一人客にも寛《くつろ》いでもらうためだ。

フロアのテーブルは六席のみ。隆一が入店して以来、連日ほぼ満杯状態だったのだが、とある事情から予約客を減らしているので、今夜は二席が埋まっているだけだった。

同じくある事情から、ギャルソンの指名制は中止している。

以前はヘアサロンのスタイリストのように、ギャルソンの指名ができる店だったのだが……。

漏れそうになるため息を抑え、覗《のぞ》き窓のついたスイングドアを開けた。

キッチンのセンターテーブルで、黒いコックコート姿のシェフ・伊勢《いせ》優也《ゆうや》が、筆ペンでお品書きをしたためている。ゲストのオーダーを受け、そのテーブルだけのコースを組み立てているのだ。

長めの髪を後ろで束ね、鋭い視線を手元に注ぐ三十三歳のオーナーシェフ。背筋を伸ばしてペンを動かす彼を見て、隆一はいつものように「侍のようだな」と思った。

侍の恰好《かっこう》をして日本刀を構えたら、さぞかし似合うだろう。

お決まりのメニューが存在しないビストロ三軒亭。ゲストは、その日のオススメ素材の中から食べたいものを選ぶ。そして、どんな感じのコースが食べたいのか、ギャルソンに伝える。

たとえば、隆一が担当している小百合は、「秋を食べた気分になる料理」とオーダーをしていた。

その希望を叶《かな》えるべく、伊勢が組み立てたのは――。

前菜が〝秋刀魚《さんま》と銀杏《ぎんなん》のマリネ〟。

魚料理は〝秋サバのポワレ　松茸と栗のソテー添え〟。

メインは秋がシーズンのジビエ料理〝合鴨のロティ　胡桃《くるみ》のソース〟。

デザートは〝甘柿のタルトタタン〟。

まさに、秋の味覚尽くしのコースだった。

ちなみに、ペット用の料理までオーダーメイドにはできないので、それだけはいつも、あらかじめ決めたメニューの中から選んでもらっている。

「バルコニー席、ホットケーキの追加をお願いします」

伊勢が頭を上げ、切れ長の目元を和らげて言った。

「エルの大好物だからな」

隆一はほほ笑みを返してから、ペリエの用意をして小百合の席に向かう。

エルの正式名は、エルキュールだ。名付け親は伊勢。

アガサ・クリスティーの生んだ名探偵、エルキュール・ポアロ好きの伊勢だからこそのネーミングだった。

かつて伊勢は、同棲《どうせい》していた恋人・マドカと共にエルを育てていた。しかし、この店を立ち上げる前に、二人は別れてしまっていた。

実はマドカは、自らの心臓の病が発覚したため、気持ちが離れた振りをして伊勢の元を去ったのである。彼の足手まといにならないように。

何も知らないまま、マドカの面影を引きずっていた伊勢。どんなオーダーにも応《こた》えようとする彼が、キッシュだけは作らずにいたのは、それがマドカの好物で、彼女のために作った最後の料理だったからだ。

マドカと一緒に自分の店を創る。マドカが考えた「三軒亭」という名前にする。壁に飾るのは、イラストレーターの卵だったマドカが、店のために描いた絵。

……それが、伊勢の夢だった。

その夢が破れた以降も、伊勢は前を向いて進んできた。

三軒亭という店を営んでいたら、いつかマドカが来てくれるかもしれない。大好きなキッシュをオーダーしてくれるかもしれない。

病気のことを黙っていたマドカは、伊勢の料理を食べなくなっていた。本当は、食べたくても食べられない体調だったのに、自分はそれに気づいてやれなかった。

だから三軒亭では、自分が作りたい料理ではなく、相手が求める料理を提供しよう。そこは、ギャルソンも自由に選べ、各々が楽しい時間を過ごせる場所。どんな事情の客でも、快く受け入れるオーダーメイドの店にするのだ。

そう胸に誓いながら伊勢は、叔父《おじ》でソムリエの室田重《むろたしげる》とともに店をオープンさせ、若きギャルソンたちを育てながら営業を続けてきた。

マドカが隣にいないという、一縷《いちる》の寂しさを抱えながら。


普段は物静かで理知的な伊勢の、意外だった過去。密《ひそ》かに抱えていた心の傷。

しかし、今はその傷が癒《い》えつつあると隆一は感じている。

マドカの友人ですべての事情を知り、密かにエルを引き取っていた小百合が、伊勢に真実を伝えてくれたからだ。

マドカは伊勢を想っていたから、心配をかけたくなかったから、何も告げずに渡米し、心臓の移植手術を受けた。確率は低かったが、手術は無事に終わった。現在も彼女は、ロスアンゼルス郊外の叔母の家で療養をしている。

真相を知ったときから、伊勢の止まっていた時間が動き出した。

そして、今年の春。桜吹雪が降るある日の午後。

伊勢は、小百合が店に連れてきたエルと、およそ五年ぶりの再会を果たした。

伊勢の腕に飛び込んだエルは、「逢《あ》いたかった、逢いたかった、いい匂い。うれしい……」と、言葉にはできない想いを千切れんばかりに振った尻尾で表し、伊勢は「ずっと待っててくれたのか。ごめんな」とエルを抱きしめて涙ぐんだ。

それから小百合は、エルと一緒に頻繁に店を訪れるようになった。

ピアノ教室を営む彼女の住まいが三軒亭の近所にあるため、徒歩で来られるからだ。目的は食事だけではない。伊勢が我が子同様に育てていたエルを、彼に逢わせるためである。

隆一たちスタッフも、小百合とエルの来店を心待ちにしていた。エルと再会するたびに、愛《いと》おしそうな表情をする伊勢を見ながら、隆一は密かな希望を抱き続けていた。

いつの日か、帰国したマドカがこの店に来てくれるのではないか。伊勢のキッシュを食べてくれるのではないか、と。

それは、舞台役者の夢を手放し、三軒亭の正社員となった隆一の、切なる願いだった。

「そうそう、今日は三軒亭の皆さんにプレゼントがあるんです」

ペリエで喉《のど》を潤した小百合が、何かを企《たくら》んでいるような目を向けた。ほっそりとした、育ちの良さを感じさせる女性だ。

「……プレゼント？　僕たちに？」

「そう。ロスから届いたんです」

彼女は隣の椅子に置いてあった紙袋を、隆一に差し出した。

「わあ、なんでしょう？」

「開けてみてください」

小百合に頼まれ、紙袋の中を覗く。大きな長方形型の包。取り出すと、送り主の名は清水真登香《しみずまどか》。マドカだ。

「僕が開けちゃっていいんですかね？」

「私も早く中が見たくて。ぜひお願いします」

期待に満ちた視線を受け、包の封を解《ほど》いていく。

隆一はふと、自分が役者の道から降りられたのは、小百合のお陰でもあったのだな、と思い返す。


かつてピアニストとしてリサイタルを行っていた小百合も、マドカと同様に心臓病で手術を受けた過去があった。人工弁で病を完治させた今は、夫の協力で自宅のリビングを改造し、ピアノ教室を営んでいる。

（ステージで大勢を楽しませるのも、目の前の誰かとピアノを弾くのも、同じように楽しいから――）

そんな小百合の言葉は、役者のチャンスを摑《つか》めずにいた隆一の背中を、密かに押してくれた。

役者として舞台上で大勢を楽しませるのも、ギャルソンとして目の前の誰かを楽しませるのも、同じであると思えたのだ。

「うわ、すごい……」

封を解き終え、感嘆の声を出す。

それは、額縁に入った水彩画だった。

赤い背景に浮かぶ、男性五人のシルエット。

一人はコックコート姿でフライパンを揺すり、一人は制服を着てワインボトルとグラスを手にしている。残る三人も制服姿で料理皿を運んでいた。その中の一人はメガネをかけている。人物をデフォルメしたシルエット絵だが、みんなで笑い合っていることが分かる。

しかも五人とも、顔だけが動物のようになっていた。

まるで子豚だ。愛らしい豚鼻があり、耳もついている。

――一体なんで、顔が豚なんだろう……？

疑問を抱きつつも、入念に絵を眺める。

ポップでユーモラスだけど緻密《ちみつ》かつ繊細で、額縁は真鍮《しんちゅう》製のアンティーク風。まるでアート展の目玉作品のような華やかさがある。

「シェフとソムリエ、三人のギャルソン。これってもしかして、僕たちですかね？」

「そうだと思います。私ね、三軒亭の印象をマドカさんにメールしたんですよ。伊勢さんのお料理は独創的で、食べる人への想いがこもってる。室田さんの選ぶワインも素晴らしい。ギャルソンさんたちのサービスも最高で、一度行ったら通いたくなるはずだって。そしたら、イラストを描きたくなったみたいで。……でも、子豚の顔にするなんて発想がユニークですよね。みんなカワイイ」

あ、エル、そっちにいっちゃダメ、と、小百合がリードを手繰り寄せる。

隆一は水彩画から目が離せずにいた。

「この店に飾るのにぴったりだ……」

マドカさん、すごいよ。伊勢さんの店に自分のイラストを飾るのは、マドカさんの夢だったじゃないか。すご過ぎるよ！

内心で熱く叫びながら、隆一はイラストに描かれたスタッフたちのことを想う。

もしも今、五人が三軒亭に揃っていたら……。

厨房《ちゅうぼう》ではシェフの伊勢が、次に出す料理をせっせと作っている。

バーカウンターからソムリエの室田がワインボトルを手にやって来て、いかつい顔つきで小百合のグラスにワインを注ぎ、「これ、アタシからのサービスね」とオネエ言葉でほほ笑む。四十代半ばの室田は、この店の大黒柱的存在だった。

隆一のひとつ上、二十三歳のギャルソン・岩崎陽介《いわさきようすけ》は、「小百合さん、髪型変えました？　すごく似合ってます」といたずらっ子のように笑い、口元に近づけた右拳《こぶし》を投げキッスのように振り上げる。伝説のサッカー選手、ラウル・ゴンサレスがゴールを決めたときのポーズだ。陽介はラウルの大ファンなのである。

もう一人の先輩で古株ギャルソンの藤野《ふじの》正輝《まさき》は、メタルフレームのメガネを右の中指で押さえながら、「ご存じかと思いますが、いま食べてらっしゃるサバは脳を活性化させるDHAが豊富でして……」などと栄養素について語り出す。彼は元医大生で、食や医療の知識に長《た》けたインテリ派ギャルソンだ。

「早くほかの皆さんにも見てほしいな」

小百合の声がして、頭の中で動いていたスタッフたちが瞬時に消えた。

実は、この絵を一緒に見るべき人が、今は一人だけいない。

ずいぶん前から、店は四人で回している。

予約客を減らし、ギャルソンの指名を中止しているのも、そのためだった。

ああ、彼がいてくれさえしたら、すべて完璧《かんぺき》なのに……。

五人が笑い合うシルエット絵を見つめながら、隆一はそっと唇を噛《か》んだ。
こんな状況になってしまうなんて、まったく予想していなかった。
今から思えば、三か月ほど前から、三軒亭は危うい状況にあったのだ。

1

un fruit 〜アン・フリュイ〜

Bistro Sangen-tei

青葉が目に眩《まぶ》しい季節。

日差しはかなり強くなったが、風が爽《さわ》やかなので暑さはそれほど感じない。とはいえ、夜になると急に冷えることもあるため、誰もが上着を手放さずにいる。

そんな初夏のある晩、隆一は新規のゲストを担当した。

それは、とても奇妙な客人だった。

二十代半ばくらいの女性二人組、渡辺百々代《わたなべももよ》と佐藤水奈子《さとうみなこ》。

ロングヘアを後ろで束ねている百々代はブラウスに紺のパンツ、ショートの水奈子はサマーウールのスーツ。会社帰りに訪れた、OLのような服装である。

彼女たちは席に着くや否や、大き目のバッグから書類や手帳を取り出してテーブルに置いた。

「思ってたより小さい店だね」と百々代が低めの声を出し、「雰囲気は悪くないですよ」と水奈子が敬語で対応する。どうやら先輩と後輩のようだ。

二人は、品定めするように店内を見回して、スマートフォンのカメラで写真や動画を撮り始めた。その行為自体は珍しくはない。店の画像や動画をSNSに投稿する人も多い。

だが、彼女たちのやけに真剣な眼差《まなざ》しを、隆一は奇異に感じてしまった。

しかも、二人はほとんど会話をしない。隆一に対しても、「必要最低限の会話しかしたくない」といった空気を醸し出している。

飲み物のオーダーを取りに来たソムリエの室田にも、初めは「アルコールは結構です」としか答えなかった。

「では、ノンアルコール・ワインなどはいかがですか？　白、赤、スパークリングもございますけど」と室田がすすめた結果、二人はノンアルのスパークリングをセレクト。フルートグラスに入った蜂蜜《はちみつ》色の液体を黙々と飲み、アミューズの〝季節野菜の冷製フラン（フレンチ風茶碗《ちゃわん》蒸し）〟を食べている。

日本には〝とりあえずビール〟という文化が根付いているから、発泡系の飲み物で喉《のど》を潤したい人が多いのだろう。自分も、セミプロとして舞台に出ていた頃は、打ち上げでビールをよく飲んだものだ。

隆一はふと、必死に舞台オーディションを受け続けていた頃を思い出した。

静かに細部を観察しているような百々代たちの佇《たたず》まいが、自分の運命を決める審査員のように感じたからだ。

これは、久々にやり辛《づら》いお客様かもしれない……。

若干ビビりそうになりながらも、隆一は笑みをたたえて二人の前に立っていた。三軒亭という舞台の幕は開いている。ギャルソンの役を下りるわけにはいかない。

オーダーは、電話予約の時点でリクエストをされていた。

それは、「メイン食材に必ずフルーツが入る料理のコース」という、なんとも変わった注文だった。

「フルーツを使ったコースを承っております。そういったお料理をお出しするのは初めてなので、シェフもよろこんでおりました」

明るく話しかけてみたが、「なるべく早く出してください」と百々代がニコリともせずに告げる。整った顔立ちだからこそ、キツく感じてしまう。童顔で丸顔の水奈子も、無言で隆一を見つめている。

本当は、なぜフルーツをメインに？　と質問したかったのだが、「承知しました」とだけ言って厨房のほうを向く。歩み出した瞬間、二人が手帳に何かを書き込む気配がした。

――もしかして、隠密で取材に来た記者なのかな？　もしくは、レストランの格付けをする調査員とか？

気になって仕方がないのだが、自然体でサービスをするように心がけないと、と自分に言い聞かせる。

厨房の伊勢に「三番テーブル、早く出してほしいそうです」と伝えてから、用意されていた前菜の皿を運んだ。

「お待たせいたしました。〝二色パパイヤの甘夏入りマリネ　キャビア添え〟です」

二つのガラス皿を百々代と水奈子の前に置く。小ぶりの黄色いパパイヤの半身をくり抜き、その皮を器に仕立てたものの中に、細くスライスされた二色の果肉が入っている。黄色が完熟パパイヤ、白は熟する前に収穫したグリーンパパイヤ。中央にキャビアがトッピングしてあった。

「ほぐした甘夏ミカンとオリーブオイルでマリネにしました。小さな緑の粒はグリーンペッパーです。どうぞ、お召し上がりください」

百々代と水奈子は真っ先に写真を撮り、動画も回し始めた。

そして、パパイヤと甘夏ミカンの産地は？　オリーブオイルはどこ産のもの？　などと質問を浴びせてくる。

「パパイヤは沖縄、甘夏は熊本。小豆島《しょうどしま》産のエクストラバージンオリーブオイルを使用しております」

隆一がなんとか質問に答えると、「このキャビアはパパイヤの種に見立てているんですか？」と水奈子が尋ねてきた。

返答に困り、「確かに、そう見えますね……」と述べ、続けてこう言った。

「盛り付けにまで気づいてくださるなんて光栄です。シェフがよろこびます」

その場を凌《しの》いでいるあいだに、隆一は思考する。

パパイヤは中央に黒い粒状の種が密集している。それにキャビアを見立てて伊勢が盛り付けた可能性は大だ。だが、そこまでの説明を、隆一は伊勢からされていなかった。ここで適当な返事をするわけにはいかない……。

「……ええっと、シェフに確認して参りますので、少々お待ちください」

ああ、ギャルソンとして、とても恥ずべき返答をしてしまった。厨房に確認しないと答えられないなんて、まるで新米ではないか。僕が入店したのは昨年の十月。それから八か月以上が経っているというのに——。

「ならいいです」とそっけなく言い、水奈子はスマホを置いてフォークを手にした。百々代も同様だ。

一礼をしてから背を向ける。いいです、と言われても、伊勢に確認をせずにはいられなかった。

——やはり、キャビアをパパイヤの種に見立てていたようだった。それを伝えにテーブルに向かうと、二人は手帳にメモを取りながら料理について夢中で語り合っていた。声が大きいため、耳に入ってくる。

「百々代さん、これってタイ料理のソムタム（グリーンパパイヤのサラダ）みたいじゃないですか？」

「そうだね。完熟パパイヤの甘み、甘夏の酸味、キャビアの塩味。ここに強い辛みとナンプラーの風味が入れば、ソムタムに近くなる」

「グリーンペッパーがいいアクセントになってます」

「うん、意外な美味《おい》しさだね。でもさ……」

隆一が近寄ると、二人はピタリと会話を止めた。

「先ほどは失礼いたしました。佐藤様がおっしゃっていた通り、キャビアはパパイヤの種に見立ててあります」

「ああ、わざわざすみません」と水奈子が答え、黙って食事を始めたので、隆一はその場から立ち去った。

厨房《ちゅうぼう》の前からテーブルを振り返ると、二人はまた手帳に何かを書き込んでいる。

……やっぱり、格付けの調査員なのかもしれない。だとしたら、サービスポイントはマイナスだな。僕が質問に答えられなかったから。

勝手に想像して滅入《めい》っていく自分を、隆一は止められずにいた。

続くひと皿は〝白桃のガスパチョ風スープ〟。

ガスパチョは、トマトやニンニクなどの野菜とバゲットをピューレにし、オリーブオイルとビネガーで味付けした冷製スープ。スペインの郷土料理として知られている。伊勢が用意したのは、トマトではなく山梨県産の白桃を使った、滑らかで甘みの強い逸品だった。

「白桃の果肉とバゲットだけで作ったスープです。ビネガーの代わりにパッションフルーツの果汁で酸味を加えました。今の季節にピッタリのひと皿だと思います。隣の小皿に入っているのはミントの葉。お好みで入れていただくと、また違った味が楽しめると思います」

隆一の説明を聞きながら写真や動画を撮り、百々代たちは銀製のスプーンを手に取った。冷えた白い深皿に盛られた、薄桃色のトロリとしたスープ。ひと口味わい、

「美味しい」と同時に感嘆の声を発した。

「これ、いいんじゃない？」

「すごくいいです」

「桃がこんなスープになるなんて意外」

「ガスパチョよりも上品で繊細な味ですね」

二人とも、明らかに高揚している。

「ミントを入れてみます。……わ、味が変わりました」

「じゃあ、私も。……うん、爽《さわ》やかでいいアクセントになる」

「そうそう、爽やかって表現がピッタリです」

おお、気に入ってもらえたぞ！ と隆一の胸が高なる。

パンの皿が空になりかけていたので、「パンをもう少しお持ちしましょうか？」と尋ねたら、二人とも「お願いします」と即答した。

「かしこまりました！」

いそいそと厨房に向かいながら、隆一は百々代と水奈子が最後まで満足してくれることを願う。彼女たちが調査員だろうが何だろうが、もっともっと三軒亭の食事を楽しんでほしい。

ほどなく、次なる料理が仕上がったのでテーブルに運んだ。

こんがりとキツネ色に揚がったカツレツ。ヒレカツほどの大きさのものが、二つの皿に三個ずつ盛られている。

付け合わせは〝玄米のライスサラダ〟。細かくカットしたトマト、ズッキーニ、玉ねぎ、黒オリーブに玄米を合わせ、オイルとビネガーであえた料理だ。

「こちら、〝南国フルーツと生ハムのカツレツ〟です。フルーツを生ハムで巻いて、コリアンダー（パクチー）入りのパン粉をまぶしてから、ラードでさっくりと揚げました」

「なんのフルーツですか？」と百々代が好奇心で瞳《ひとみ》をきらめかせたので、「よろしければ、ひと口食べていただいてからご説明したいのですが」と答える。

できることなら、この料理は先入観なしで味わってほしいと、隆一は思っていた。

「じゃあ、私が当ててみます」と水奈子が宣言し、ナイフとフォークを手に取った。

「ゆっくりお願い。動画撮るから」と百々代がスマホを構える。

「いきますよ」

水奈子がカツレツをカットすると、中から黄色いクリーム状のものがトロンと流れ出てきた。

「わ、すごいシズル感」とつぶやき、まずは香りを確認する。

「チーズのような熟成した香りが少しだけけします。形状もチーズに近い。ホワイトチェダーっぽいですね。パクチーの香りもするから、これもアジア料理のような感じがします」

解説をしながら、水奈子がカットしたカツレツを口に入れる。

サクッといい音が響いた。

続いて、心地よい咀嚼《そしゃく》音がしたあと、ゴクリと飲み込む。

しばらく考えたあと、水奈子が口を開く。

「ネットリしてて甘みが強い。塩気の強い生ハムとの相性がいいですね。カスタード風味のアボカドみたいで、かなり美味しいです。南国のフルーツ……マンゴー？　でも酸味がないから、新種のバナナかな？」

「ちょっと待って。私も食べてみる」

スマホを置いた百々代もカットレッツを食べ、「分かった。これもパパイヤだ。さっきマリネで出てきた、完熟してるやつ」と自信たっぷりに答える。

「最初に生で出して、火を入れたものを出す。食べ比べをさせたかったんじゃない？」

「なるほど。色は完熟パパイヤっぽいですもんね」

期待に満ちた二人の視線を受け、小さく咳払《せきばら》いをしてから隆一は言った。

「実は、果物の王様なんです」

「王様……？」と小首を傾げた百々代が、すかさず正解にたどり着いた。

「まさか、ドリアン？」

「はい。王様の異名を持つドリアン。シンガポール産です」

二人は目を見張り、顔を見合わせた。声を失っている。

かなりの衝撃だったようだ。

「──でも、でも、ドリアンって、もっと強烈な匂いがしませんか？　果物とは思えないくらい強烈な匂い」

水奈子に話しかけられ、「このドリアンは、品種改良で香りを弱めたものなんです」と答える。会話が弾んできたことをうれしく思いながら。

「ただ、調理する前は若干の匂いがしてたんですよ。カツレツで火を通してコリアンダーの香りをまとったので、ドリアンとは思えない風味になりましたけど」

と説明しながら、隆一は営業前に厨房で試食したドリアンの味を反芻《はんすう》していた。微《かす》かな熟成香と共に浮かび上がる、ドリアンのクリーミーで濃厚な旨味《うまみ》。その独特の強い香りから、〝王様〟以外にも〝世界一の臭さ〟〝禁断の果物〟などと呼ばれるドリアンだが、味はまろやかで素晴らしかった。

もちろん、伊勢の調理マジックによる効果が大きいのだろうけれど。

そういえば……と隆一は思い出していた。

姉で国際線キャビンアテンダントである京子《きょうこ》が、愉快そうに言っていたことがある。

「ドリアンの匂いを舐《な》めちゃダメだよ」と。

フライトでタイの空港に寄った際に、ドリアンを機内に持ち込もうとした人がいて、あまりの臭さに騒ぎになったことがあったらしい。そのドリアンは植物検疫を受けていなかったため、没収されてしまったそうなのだが。

密《ひそ》かに持ち帰りたくなるほど、ドリアンには人を虜《とりこ》にする魅力があるのだろう。

「なるほど、ドリアンか。最初にそう言われてたら、匂いのイメージが邪魔して素直に味わえなかったかもね。生のドリアンは苦手だけど、これはすごく美味《おい》しい」

百々代がしみじみと言い、「クセになる味ですね。アリです」と水奈子が頷《うなず》く。

料理や食材にお詳しいですね。もしかして、何かの調査をされていらっしゃるんですか？

率直に尋ねてみようかとも思ったのだが、「ノンアルコールのワインをください。今度は赤で」と百々代たちに頼まれたので、会釈をしてバーカウンターに向かった。

カウンターの中で、室田がワインのコルクを抜こうとしている。彼が愛用している、細かな模様の入ったアンティークのソムリエナイフで。

「ノンアルの赤、二つお願いします」

「オッケー。すぐ用意するから待っててね」

柔和な笑顔を見せる室田。格闘家のような体つき、強烈な目力を放つ瞳。黙っているとかなりの強面《こわもて》なのに、いつもオネエ言葉で話す。相手を怖がらせないようにソフトな話し方を心がけていたら、板についてしまったそうだ。

彼は伊勢の叔父《おじ》で、この店の共同オーナーでもある。元々は、恵比寿《えびす》の有名フレンチレストランの支配人。ソムリエでバーテンダー、ギャルソンに動きの指示も出す、司令塔のような存在。細やかで器が大きくて、まさにスタッフたちの精神的支柱だった。

「あのお二人、お口に合ってるみたい？」

優雅にボトルを操りながら、室田が問いかけてくる。

「はい。ドリアンに驚かれたようですが、楽しんでいただいてるようです」

「よかった。優也がかなり悩んでたからね。アン・フリュイでどんなコースを組み立てたらいいのか」

「アン・フリュイ？」

「ああ、フランス語で果物のこと。優也に相談されたから、アタシがヒントを出したの。アジア料理を参考にすれば、って」

「室田さんが？」

「うん。タイやベトナムでは果物の料理がポピュラーなのよ。グリーンパパイヤ、ココナッツ、パイナップルとかね。南国フルーツは今が旬だし」

それでパパイヤやドリアンを使ったのか、と腑《ふ》に落ちた。

「お待たせ、ノンアルの赤。注《つ》いで差し上げて」

「ウィ」

穏やかな室田と話すと、心が落ち着く。

隆一は冷えたボトルとワイングラスを抱え、百々代たちのテーブルに向かった。

フロアを見渡すと、真ん中のテーブルで先輩の陽介が女性三人組を相手にしている。正輝はデザートのワゴンを担当テーブルに運んでいた。誰もが口元に笑みを浮かべて、己の仕事にまい進している。

よし、自分も気合を入れ直してサービスに努めよう。

そう思った矢先、百々代の声が耳に飛び込んできた。

「ねえ、半殺し……どうかな」

「いや、皆殺しが……と思います」

水奈子が冷静に返答し、さらに百々代が低くつぶやいた。

「弟はまだいいけど、兄貴は早く始末しないと……」

一瞬、左右の足が止まりそうになり、あわてて右から動かす。

皆殺し？　兄貴を始末する？

まさか、家族内の殺人計画？　この二人、苗字は違うけど実は姉妹で、兄と弟がいるのか？　そして、兄弟を葬り去ろうとしている……？

いや、妄想しすぎだろ。例えば、ゲームの話かもしれないし。

瞬時に自分自身にツッコんでから、二人の前に立つ。彼女たちは、またピタリと会話を止めた。カツレツも付け合わせもキレイに食べ終えている。

よし、メイン料理をお出ししよう。

隆一は飲み物をグラスに注ぎ、会釈をしてから空の皿を手にその場を離れた。

百々代と水奈子がオーダーした果物尽くしのコース。メインとして伊勢が考案したのは、〝燻製《くんせい》スイカと和牛ハラミのステーキ〟だった。

レアで焼いたハラミの薄切りと、表面に焼き目をつけた燻製スイカの薄切りが、皿の上に交互に重ねて並べてある。ソースはバターに醬油《しょうゆ》を加えたシンプルなもの。付け合わせは特製マッシュポテトだ。

「スイカ？　見た目はローストビーフじゃない！」

「部位の違う肉が並んでるのかと思いました」

驚く二人が言うように、燻製で水分を抜いて焼き上げた種無しスイカは、牛肉のステーキと見まがうばかりの様相である。

「熊本産のスイカをカットしてスパイスに漬け込み、燻製にしてからステーキにしました。スイカのステーキは、ニューヨークのバーベキューレストランの名物らしいんです。それをうちのシェフがアレンジしたんですよ。ハラミは山形牛。柔らかいですよ。スイカと一緒に食べてみてください」

これまでと同様にスマホで撮影をしてから、二人はメインを味わった。

「スイカのシャリシャリ感がない。レアのお肉みたいな食感」

「焼きパイナップルってお肉に合うけど、それに近いかもしれません」

それぞれ、夢中でナイフとフォークのカトラリーを動かす。

嚙《か》むと肉汁が溢《あふ》れ出るハラミと、涼やかなスイカの甘み、バターのコクが重なって、味覚を直撃しているはずだ。

「……百々代さん、コレ、かなり面白いし美味しいです」

「うん。アリだね。スイカだけでもメインになりそう」

百々代はカトラリーを皿に置き、手帳に何かを書き込んだ。

一体、何を書いているんだろう？　という疑問を飲み込みつつ、「では、ごゆっくり」と礼をしてから、隆一は二人に背を向けた。

気に入ってもらえてよかった……、と胸を撫《な》で下ろしながら。


結局、取材なのか調査なのか分からないまま、隆一は百々代と水奈子を送り出した。

営業後、後片付けをしていると、髪を解《ほど》いた伊勢がフロアに現れた。

「隆一、アン・フリュイどうだった？」

フルーツ尽くしのコースのことだ。

「よろこんでらっしゃいましたよ。特にスイカのステーキを気に入られたようでした。ドリアンのカツレツも美味しそうに召し上がってましたし。あ、スープも前菜も」

「そうか」と言って息を吐く。

伊勢にしては珍しく、ゲストの反応が気になっていたようだ。

「あんなオーダーされたの、初めてだからな」

彼は髪をかき上げ、「忙しくて挨拶《あいさつ》できなかった。また来てもらえるといいな」と続けた。

「特殊なオーダーって、腕の振るいがいがあるわよね。優也もいい勉強になったんじゃない？」

バーカウンターの中から室田が言う。

「まあ、視野は広がったかな。料理にはまだまだ可能性があるって思えたし」

「さすが伊勢さん！」と、モップで床を拭《ふ》きながら陽介が近寄ってくる。

「でもでも、あのお二人、なんで果物にこだわったんでしょうね？　ちょっと不思議ですよねー」

その言葉で、隆一は思い出していた。

「不思議といえば、ドキッとしたことがあって……」

──ねえ、半殺し……どうかな。

──いや、皆殺しが……と思います。

――弟はまだいいけど、兄貴は早く始末しないと……。

隆一は、百々代と水奈子の会話を皆に伝えた。そんなことあるわけがないと思いながらも、万が一、彼女たちが事件でも起こしたら寝覚めが悪い。

「僕は最初、ここの取材に来た記者さんか、格付けの審査員の方かと思ったんです。写真も動画も熱心に撮ってたし、しきりにメモもされてたし。だけど、あの会話でちょっと妄想しちゃったんですよね。二人は姉妹で兄と弟がいて、お兄さんをなんとかしようとしてるのかな、なーんて」

正直に胸の内を明かしたら、伊勢が即座に反応した。

「その会話、いつしてた？　カツレツを出したあとじゃないか？」

「えっと……」

状況を思い返す。ノンアルワインの赤を頼まれて、テーブルに戻ったら話が聞こえて、カツレツの皿が空になっていた。

「そうです。そのあとすぐ、空いた皿を下げました」

伊勢がなぜそれを見抜いたのか、隆一にはまったく分からない。

あの物騒な会話とドリアンのカツレツに、何か関係があるのだろうか？

「分かった」と室田が小さく手を叩《たた》く。

「あのお二人、飲食店関係者ね」

「え？　なんで分かったんですか？」

「だって、食べ物の呼び方なんだもの」と隆一を見て言葉を重ねる。

「〝はんごろし・みなごろし〟は、主におはぎの種類を意味するの。はんごろしはお米を半分だけつぶしたおはぎ、みなごろしは全部つぶしてお餅《もち》にしたおはぎ。アタシははんごろしが好きだわ」

「自分は絶対にみなごろし派です！」

陽介が無邪気に声を上げ、「あー、おはぎ食べたくなってきた」とつぶやく。

「割と有名な話ですよね」

そばのテーブルでクロスを畳んでいた正輝が、逸《そ》れそうになった話を戻した。

「一部の地域でそう呼んでいたのが、小説やテレビ番組のネタになって広まった、と俺は認識しています」

「ああ、そうかもしれないわね」

「でも、なんで唐突に……あ！」

隆一はようやく気がついた。

カツレツではなくて、そこに添えられていたもの——。

「玄米のライスサラダ！」

「そう、だから彼女たちは、米の話をし始めたのかもしれない」

伊勢が切れ長の目を光らせる。

「あのライスサラダが、話の切っかけだった。兄貴も弟も飲食業界の用語だしな」

「えっ？」

——弟はまだいいけど、兄貴は早く始末しないと……。

百々代の言葉が、隆一の脳裏でリフレインする。

「兄貴は古い食材、弟は新しい食材。板前さんなんかが使う言葉ね。ウチでは使わないけど」と室田がしたり顔をした。

「ゲストの会話に照らし合わせると、『新しい食材はまだいいけど、古いのは早く始末しないと』って意味になるな」

正輝がスマホを操作しながら解説をした。二十六歳になったばかりだが、沈着冷静な性格のためなのか、もっと年上に感じる。

「食品の管理用語だ。先に仕入れた食材を使うのはセオリーだけど、それをお客様の前であからさまに言うわけにもいかない。そこで生まれたのがこの言葉らしい。『弟より兄貴から先に調理して』とかな」

「正輝さん、相変わらずスマホのリサーチが早い！　さすがですねぇ」

「ちょっと陽介、床拭きは終わったの？」

室田に睨《にら》まれて、すみませーん、と陽介が舌を出す。

皆の会話を聞きながら、隆一は結論を出していた。

「百々代さんと水奈子さんは、米の使い道を話し合っていたのか……」

「おそらく、だけどな」

伊勢がゆっくりと頷《うなず》く。

「あ、もしかして！」

モップを動かし始めた腕を止めて、陽介が大声を出した。

「あのお二人、レストランのスタッフさんなんじゃないですか？　お米や果物をよく使うレストラン。参考のために別の店に食べに行くことって、ありますよね？」

「あるある。そうかもしれないわね。だから、早く床を拭いちゃって」

「ウィ！」

「はいはい、皆も仕事に戻って。早く終わらせて帰りましょ」

パンと室田が手を叩き、それぞれが作業に戻る。

隆一の担当は、水洗いをしてある食器の仕上げだ。

厨房《ちゅうぼう》へ向かおうとしたら、店の電話が鳴った。室田が応対する。

「はい、三軒亭でございます。……あ、ご予約ですね。渡辺百々代様」

渡辺百々代。さっきの百々代さんだ！

聞き耳を立ててしまった隆一の前で、室田が愛想よく会話を続ける。

「はい、はい、五名様で。……来週ですと、水曜日の二十一時に空きがございますが、生憎《あいにく》カウンターのみとなっております。よろしいですか？　……はい。それでは水曜日で。……え？　同じお料理でよろしいんですか？」

同じ料理？　またフルーツ尽くしのコース？

来週の水曜日は、ギャルソン三人とも指名が入っているはず。カウンター席はギャルソンがつかない。室田さんが担当することになる……。

「……承知しました。では、お待ちしております」

電話を終えた室田は、隆一に向かってほほ笑んだ。

「渡辺様、また来てくださるって。同じアン・フリュイのコースをご希望されたわ。よっぽど気に入ってくださったのね」

——いや、待て。

本当に気に入っただけなのか？　何か目論見《もくろみ》があるんじゃないか？

誰と来るのかは不明だが、同じ料理を五人で食べに来るなんて普通ではない。

百々代たちは飲食店関係者である可能性が大だ。しきりに料理の記録を取り、素材の産地や盛り付けに関する質問までしていたのだから、味を盗みに来たとも考えられる。たとえば、自分の店で同じものを出そうとしている、とか。

考案したのは伊勢さんなのに……。

ふと芽生えた、妄想じみた疑念を押し殺して、隆一は笑顔を作ったのだった。

翌週の水曜日。

百々代は水奈子と一緒に来店した。同行したのは三人の男性だ。

カウンターに並んで座った五人。左端が水奈子、隣が百々代。真ん中はでっぷりと腹の出たスーツ姿の中年男性。その右横には、百々代たちと同年代の男性が二人並んでいる。二人ともスーツを着込んだサラリーマン風のいで立ちだ。

全員が飲食店関係者なのか？

隆一は担当テーブルの給仕の合間を縫って、カウンターの様子を窺《うかが》っていた。

「ちょっと狭いな」と中年男性が眉間《みけん》にシワを寄せる。

「北条《ほうじょう》課長、カウンターしか取れなかったんです。すみません」

左に座る百々代が謝っている。

「僕はカウンターって好きですよ。なんか落ち着きます」

右端の男性が明るく言った。短髪で色黒の、野球青年のような雰囲気の人だ。

「豊田《とよだ》は狭い居酒屋が好きなんだもんな」と隣の小柄で痩《や》せた青年が笑う。

「小早川《こばやかわ》さんだって好きじゃないですか」

「俺はつまみがウマいとこ限定。激安チェーン店は無理だな」

今の会話で五人の名前が分かった。

左端から、水奈子、百々代、北条課長、小早川、豊田。豊田は小早川の後輩らしい。

「お飲み物はどうされますか？」

カウンターの中から室田がメニューを差し出した。

「ビール」と課長が言い、全員が同じものを頼む。

前回はアルコールを頼まなかったけど、百々代たちも本当は飲めるんだな、と隆一は思った。上司と同じものを頼む人が、会社員同士のゲストには多いのだ。

――ふいに、「詮索《せんさく》してないで仕事しろ」と自分の声がした。

その通りである。何やら訳がありそうなカウンターの五人に、つい気を取られてしまったが、気分を入れ替えて担当テーブルに専念する。

自らを〝大食い魔女〟と名乗る女子三人組が、久しぶりに来ていたのだ。

デパート外商担当の須崎高江《すざきたかえ》。ハーフの専業主婦・香取《かとり》アナ。ヘアスタイリストの野方芙美子《のかたふみこ》。今年の一月に、三軒亭でラクレットというチーズ料理の試食会をしたとき、来てくれた常連客である。

「今日の指名は隆一くん。知っての通りウチら爆食いするから、よろしくー」

長身でベレー帽を被《かぶ》った高江が宣言する。

続いて、日本とブラジルのハーフであるグラマラスなアナが、「コースは伊勢さんにお任せするから。前菜二皿、お魚料理も二、お肉料理は三。とりあえずそれでお願いね」と豪快なオーダーをした。

ややポッチャリ体型の芙美子は、「味覚が戻ってきたの。今日はめっちゃ食べたい気分。あたしの胃袋、舐《な》めたら店潰《つぶ》れちゃうよ」と、アニメ声優のような高い声で笑う。以前はゴスロリ風のメイクとファッションだったが、今は違う。パステル色の可愛い系ファッションを好むようになり、メイクもごくナチュラルだ。

実は、芙美子は仕事のストレスによる過食嘔吐《おうと》で味覚障害。高江もストレスで頭部に十円ハゲが出来ていた。しかし、二人とも徐々に症状が改善されているらしい。アナも芙美子と同じ味覚障害を克服した過去がある。

それぞれの事情を抱えながらも、底抜けに明るくて仲のいい、とても気持ちの良い魔女三人組だ。

そんな魔女たちに提供したひと皿目の前菜は、〝鶏《とり》レバーと生トウモロコシのパテ〟。小ぶりのメルバトーストが数枚添えてある。

「あー、めっちゃ美味《おい》しい。ひと皿目からエンジンかかるわ。お代わりください」

「あのさ、高江さん。大食い大会じゃないから。次の前菜すぐ来るし」

「知ってる知ってる。アナちゃん、ジョーダンだって」

「あのね、あたし痩せたんだよ。二キロ」

「芙美子、いつもと同じこと言うけど、痩せたかどうだか分かんない。でも……」

高江は目を細め、「可愛くなったよ、芙美子は」とやさしく言った。

アナも「同感」とほほ笑む。

「やだ、本気にしちゃうからね」

芙美子がうれしそうだったので、隆一もテンションが高まった。

三人が見事な食べっぷりとスピードで次々と皿を空にし、ひと皿目のデザートに手をつけたとき、店内で異変が起きた。

カウンター席から怒声が響いて来たのだ。

「こんなもん、ウケるわけないだろう！」

声の主は、でっぷり腹の北条課長だ。

「でも、ニューヨークの有名レストランの名物がヒントらしくて……」

百々代の言葉を遮るように、課長が再び大声を出した。

「奇をてらいすぎ。コストだって考えてくれよ。だから女の発想は当てにならないんだよ」

「北条様、ほかのお客様がいらっしゃいますので」

室田が柔らかく諫《いさ》めたが、北条は「小早川と豊田でなんとかしろ」と言い捨て、一人で先に店を出ていってしまった。

高江が「なにアレ。女は当てにならないって、今どきまさかの男尊女卑？」と小声でささやき、「うん、超アナログな感じ」とアナも賛同。芙美子は「ねえねえ、このデザート美味しくない？」と話を切り替える。

「いや、めっちゃ美味しいわ」

「ビワが甘いよね。芙美子が好きそう」

「大好き！　ビワと生クリームとパイ生地。フルーツのパイって最強だよね」

三人は目の前のビワのパイについて語り始めたが、隆一はカウンター席で何が起きたのか、気になって仕方がなかった。

魔女たちに三皿目となる最後のデザートを出し終えたので、隆一はカウンターにそっと近寄った。

百々代と水奈子、小早川と豊田が、四人で真剣に話し合っている。

それぞれが食後酒を飲んでいるようだ。

「燻製《くんせい》スイカとかドリアンのカツとか、本当にいいと思ったのに……。やっぱりダメだった」と百々代が嘆き、「課長、あたしたちのこと全否定しますからね、いつも」と水奈子が沈んだ声を出す。

「まあ、俺と豊田だけでもなんとかなるから、二人は俺らのサポートだけすればいいよ」

薄ら笑いを浮かべた小早川を、百々代がギロリと睨《にら》む。

「睨むなよ。コエーなあ、渡辺は」

「結局、女は男の補佐で終わるってこと?」

「小早川くんには分かんないんだよ。課長のお気に入りだから」

「なんだよその言い方。男は感情で動いたりしないぞ」

「女みたいに、って言いたいんでしょ」

「分かってるじゃん」

「男だって感情的になるじゃない! あーもう、やってらんない」

百々代がグラスの酒を飲み干し、「すみません、もっと強いのください」と室田に声をかける。「あたしも」と水奈子が追随する。

「渡辺さんも佐藤も、ちょっと飲みすぎじゃ……」

おずおずと声をかけた豊田に、「いいの。ほっといて」と百々代が返答し、「豊田くん、先に帰っていいよ」と水奈子が続ける。

「じゃあ、俺らは帰るから。この先飲んだ分は経費で落とすなよ」

小早川が立ち上がり、「豊田、行くぞ」と促して入り口に向かう。豊田は心配そうな視線を女性陣に送ってから、「じゃあ、お先に失礼します」と会釈をして小早川のあとを追った。

「さあ、何をお出ししようかしら。デザートワインでもお飲みになる？　糖度もアルコール度数も高いけど、その分、脳を休ませてくれますよ」

室田の提案に、百々代たちは「ぜひ」と口を揃えた。

それを見届けた隆一は、帰り支度を始めた魔女たちの元に戻ったのだった。


およそ十五分後。店内のゲストは百々代と水奈子だけになっていた。

「ちょっと聞いてくださいよ！」

濃厚なデザートワインを一気に飲んだ百々代が、室田に大声で話しかけた。

「私たち外食チェーンの開発部にいるんですけどね、さっきの上司がゲスいヤツで。あったま来ちゃってるんですよ！」

「百々代さん、いきなりぶっちゃけすぎ。でも、その通りなんです。ゲス上司の北条」

水奈子もかなり酔っているようだ。

「男尊女卑なんですよ！　私たちが何を提案してもダメ出ししかしない。このままだと飼い殺しにされちゃいます。やってらんないんですよ！」

黙ってほほ笑んでいる室田に、二人が素性を明かし始めた。

疑問を晴らしたくてウズウズしていた隆一は、今がチャンスだ！　とばかりにフロアの片付けを中断し、さりげなくカウンターに近づいた。

「すみません、お話が聞こえてしまいました。お二人は飲食関係のお仕事をされてたんですね」

ちょっと白々しかったかな？　と思ったら、「隆一さん、でしたよね。このあいだはありがとうございました」と水奈子が頭を下げた。

「こちらこそ。また来てくださってうれしいです」

「あー、隆一さん。一緒に飲みましょうよ」と百々代が赤らんだ顔を向ける。

「いや、仕事中なんで」

「えー、飲んでくださいよ。バーテンダーさんなら飲んでくれるのにー」

「お気持ちだけいただきます」

隆一が苦笑すると、「いいわよ、少しくらいなら」と室田が言った。

ごくたまに室田は、ゲストの好意を受け入れることがある。閉店のタイミングでだけだが。

「ぜひ、お好きなものを。スタッフの皆さんも飲んでください。お世話になっちゃったんで」

百々代が声をかけたので、正輝と陽介も歩み寄ってきた。

「室田さん、本当にいいんですか？」

隆一が確認をすると、「一杯だけいただきましょ。百々代さんたちのお話も聞きたいし。正輝、優也も呼んで。陽介は看板を下ろしてきてね」と言って、ワインボトルを手に取った。


「実は、仕事の参考にさせてもらうために水奈子とここに来たんです」

「黙ってリサーチさせてもらってすみません」

百々代と水奈子がすべての事情を打ち明けた。

二人は、ファミリーレストランを全国に展開する外食チェーンの開発部に所属し、夏のフルーツフェアの新メニューを考案しているらしい。同時に携わっているのが、米を使った料理の開発。だから米の用途について話をしていたのだ。

「いつもは先輩たちのサポートなんですけどね。今回のフルーツフェアは、若い社員に企画を出させろ、ってことになって。私と水奈子と、さっきここにいた男二人が、女子チームと男子チームに分かれてアイデアを出し合ったんです」

小早川は二十六歳で百々代の同期、ひとつ下の豊田は水奈子の同期だという。

「でも、北条課長が私たちの案を全否定するんですよ。男子チームのは採用するくせに。もうね、男子のアイデアなんて、めっちゃ普通なんですよ。果物のデザートとかソースとか。で、もっと新しいのを出せって私たちに言ってくるんですけど、提案すると必ず難癖つけてくるんですよね」

「そう。あの人の口癖」と水奈子が言うや否や、百々代が口を開く。

「やっぱりダメだな、女は」

吐き捨てるように、二人が声を重ねた。

「もう悔しくて、なんとか採用してもらいたくて、いろいろ調べてて。それで、こちらにフルーツのコースをお願いしたんです。ドリアンとスイカがいいなと思って、課長に実際に食べてもらってプレゼンしたんですけどね。……駄目でした。ウケるわけがない、コストを考えろ、だから女は……って。もし採用されたら、正式に企画協力をお願いしようと思ってたんですけど……」

百々代ががっくりと肩を落とし、水奈子が「勝手なことして、本当にすみません」と手を合わせる。

「いいのいいの。フルーツ尽くしのコースなんて、なかなかお出しする機会ないですから。ねえ？」

室田に振られ、伊勢が「ええ。考えるのが楽しかったです」と頷《うなず》く。

「でも、残念ですねえ。あのファミレスで三軒亭考案のメニューが出たら、家族に自慢できたのに」

「陽介、口を慎め。お二人に失礼だろう」

正輝に睨まれ、陽介が「すみません」と姿勢を正す。

「いえ、本当に残念です。私たちも、今まで出したどのアイデアより、いいんじゃないかと思ってたんで」

「百々代さん、仕方がないですよ。女がどう頑張ってもあのデブ、あ、北条課長は認めない。だからうちの部、女子の先輩たちがどんどん辞めてっちゃうんですよ。課長は役員の親戚《しんせき》だから、パワハラだって声を上げる人もいないし」

「まあね。残るのは腰かけOLだけ、やる気のある女子は見切りをつける。辞めた先輩がそう言ってたけど、それが現実なんだよね……」

二人は同時にため息を吐き、デザートワインを飲んだ。

「あーあ。明智《あけち》部長だったら、いいって言ってくれるかもしれないのに……」

伸びをしながら百々代がつぶやいた途端、正輝がメガネを押さえて言った。

「明智部長。つまり、課長さんの上司に当たる方ですね」

「はい。明智英香《ひでか》さん。すごく優秀な女性なんです」と、百々代がうれしそうな表情をした。

「課長さんを超えて部長さんに、お二人の意見が届けばいい。今、そう思ってしまったんです。そんな単純なお話ではないのかもしれませんが」

正輝が百々代たちを見つめる。

「それが、明智部長は誰に対しても公平な人で。フルーツフェアの件は北条課長に任せてるから、部長に直接意見しても困らせちゃうだけなんですよね……」

「そう。あのデブに握りつぶされたら、上には届かないんです」

声に悲壮感を滲《にじ》ませる水奈子。

なるほど。大きな組織に所属すると、いろいろと大変なんだなあ。

会社勤めをしたことがない隆一は、興味深く話を聞いていた。

「ふむ。課長と部長のあいだにある壁を、飛び越える方法があればいいのか……？」

正輝が顎《あご》に手を置き、考え込んでいる。

「あ、百々代さん！」

突然、水奈子が声を上げた。

「うちの部の懇親会があるじゃないですか。今月末に。多摩川《たまがわ》のバーベキュー」

「うん。行きたくないけど」

「その会で、ドリアンとスイカのお料理を試食してもらったらどうですか？　明智部長に。あのデブの前で部長に認めてもらえたら？　そしたら、壁が越えられるかもしれません！」

「壁を、越える……」

思案気に繰り返す百々代に、水奈子が言い切った。

「何もしないで諦《あきら》めるなんて嫌です。目標を達成したい。そうじゃないと、何のために開発部にいるのか分かんなくなっちゃいます。会社の歯車として使われるだけなんて嫌。わたしたちがいいと思ったものを、感動した味を、多くの人たちに届けてみたいんです！」

熱のこもった言葉だった。

――そうだ。そうだよ！

古いシステム。固定観念。

握りつぶされる弱者の悲鳴。

高みで見下ろす強者の嘲笑《ちょうしょう》。

そのすべてをカタチ作る面倒な壁なんて、壊れてしまえばいい！

隆一は心を突き動かされ、思わず叫んだ。

「いいじゃないですか！　僕に出来ることならなんでも協力します！　どうか諦めないで、壁を越えてください！」

まだ若くて青い、世間知らずだからこその無謀さかもしれないし、舞台ゼリフのように大げさかもしれないが、極めて真剣な気持ちだった。

「ありがとうございます」

微《かす》かに涙ぐんでいる水奈子を見て、ますます胸が熱くなった。

百々代は静かに考え込んでいる。

「でも、私たちには調理できないし……」

と言いながら、百々代がチラリと伊勢を見た。

「いいですよ、ご協力しても」

すかさず答えた伊勢に、「えっ？　ホントに？」と弾んだ表情をする二人。

「ええ。デリバリーもしたことがありますから」

「さすが伊勢さん！」

陽介が拳《こぶし》を口元に当ててから高く掲げる。大好きなラウルのポーズだ。

「サプライズでやったら、課長さんも手が出せないかもしれませんね」

低い美声で正輝が賛同する。

「うれしい！　ちゃんと謝礼はさせてもらいます」

一礼をした百々代に、「でもねえ……」と室田が顔を曇らせた。

「あのままの料理じゃ、難しいんじゃないかしら？」

なぜ？　と隆一は心の中で問う。

「確かにな」と伊勢が腕を組む。

全員が伊勢に注目した。

「コストの問題がありますよね。ドリアンは高級すぎる。市場が限られてますから。スイカはいいとしても、合わせるのが山形牛では……」

言葉を濁した伊勢に向かって、「ファミレスでは提供できない、ですよね」と百々代が言った。

「コストのこと、ちゃんと考えてませんでした。美味《おい》しい、珍しい、だけじゃダメなんですよね……」

水奈子も目を伏せる。

芽生えた光を失い、意気消沈した若いＯＬ二人組。

誰もが次の言葉を発せず、沈黙が流れる。

「……そうだ」

その沈黙を破ったのは、伊勢の強い声だった。

「こうすれば、可能性はゼロではなくなるかもしれません」


その翌週。晴れた休日の午後。

隆一は陽介と共に、田園都市線《でんえんとし》・二子新地駅《ふたこしんち》を降り、多摩川の河川敷に向かっていた。

「うわ、スッゲー人。楽しそうだな」と、陽介自身も楽し気につぶやく。

行楽で集う人々で賑《にぎ》わう中、二人で二つのスーツケースを引きずって、バーベキュー用のスペースを目指す。川越しに見えるのは、隣駅・二子玉川《ふたこたまがわ》の髙島屋《たかしまや》やライズなど、きらびやかな高層ビル群だ。

「いい香りですね。お腹が空《す》いてくる」

「BBQ。しばらくやってないなー」

「僕、やったことないです」

「え？　マジ？」

「マジで」

「隆一、それは損してるかも。今度招待するよ。我が家のBBQパーティー」

「いいですねー。いつにします？」

「……いま決めなきゃダメ？」

「アハハ。いいです。いつでも呼んでください」

などと話しているうちに、目的地にたどり着いた。

もちろん、百々代と水奈子がいる部の懇親会である。

総勢三十名ほどの人々が、バーベキューを楽しんでいた。どこかの業者らしき者たちが、グリルで肉や野菜を焼いている。その周辺で、紙皿や飲み物を手にした社員たちが談笑していた。

真っ先に目に入ったのは、瓶ビールを飲みながらご機嫌にしゃべっている北条課長。Tシャツの腹がポッテリと膨らんでいる。その隣で、小早川がしきりに相槌《あいづち》を打っている。傍らには、豊田や他の若手男性社員が控えている。

耳を澄ますと、北条課長の声が聞こえてきた。

「女は大変だよな。特に家庭があると大変だ。家事も仕事もしなきゃいけない。休日だって懇親会でつぶれる。気の毒になってくるよ」

「課長の奥様は、お仕事されてないんですよね？」

「当たり前じゃないか。今頃、家でのんびり寛《くつろ》いでるさ。小早川も結婚するなら家庭的な女がいいぞ」

「勉強になります」

また時代錯誤な話をしてるな、と隆一は半ば呆《あき》れかえっていた。

一方、かなり離れた場所で、百々代と水奈子が女性社員たちと話をしていた。中央に、銀髪を美しく整えた中年女性がいる。落ち着いた物腰で、姿勢よく立つタイトスカートの女性。もしかしたら、あの人が明智部長かもしれない。

ふと、ある考えが浮かんだ。

先ほど北条課長が話していたのは、女上司である明智部長への嫌味なのではないか……？

「三軒亭さん！」

こちらに気づいた百々代が、その場を外して駆け寄ってきた。

「ありがとうございます！　普通のバーベキューに飽きてきた頃なんで、丁度いいです」

ペコリとお辞儀をする彼女に、隆一は「セッティング、どこですればいいですか？」と尋ねた。必要なものは、すべて二つのスーツケースに入っている。

「場所、取ってあります」

百々代に案内されたのは、懇親会の隣のバーベキュースペースだった。

隆一と陽介は、急ピッチで準備を進めた。

バーベキューグリルの上で、ジュウジュウと音が立ち、香ばしい匂いの煙が上がっている。

隆一が焼いているのは、その場で自分がカットした種無しスイカの厚切りと、大きなベーコンの塊り。

その横のラードが煮えたぎる鍋《なべ》で、パン粉のついたヒレカツほどの固まりを揚げているのは、料理好きの陽介だ。

一体、何が始まったのかと、隣の敷地の社員たちが遠巻きに眺めている。

「屋台のように、その場で焼く。揚げる。それだけで、美味しさが倍増するはずだ」

伊勢の指示通りに、舞台を整えていく隆一たち。

まずは、焼きあがったスイカとベーコンをカットし、交互に串《くし》に刺していく。あとは、揚げたてのカツレツと共に紙皿に盛りつけて、割り箸《ばし》と一緒に相手に差し出すだけだ。

ちなみに、二人ともキャップを被《かぶ》り、ラフな私服姿でエプロンをしていた。

「いらっしゃいませー。特製のフルーツ料理でございます。懇親会の皆様、ご試食いかがですか?」

愛らしい笑顔で、陽介がアピールを始めた。

パラパラと社員たちが近寄ってくる。

陽介の前に立った社員のほうが女子率が高く見えるのは、隆一の気のせいだろうか。

「ぜひ、ご試食してみてください! はい、そちらのお嬢様、いかがですか?」

陽介が声をかけたのは、水奈子だった。

「いただきたいです！」

「私も！」と百々代が続き、水奈子の後ろに並ぶ。ざわめいていたギャラリーが、列をなしていく。

「おい！　勝手な真似を……」と、隆一たちの正体に気づいたらしき男がいた。

大きな腹を揺らしながら走ってくる。

北条課長だ。

「どっかで見た顔だと思った。アンタら、三茶《さんちゃ》のビストロの人だろ」

課長の後ろから、小早川が意地の悪そうな声を出す。豊田は遠巻きに眺めているだけだ。

「誰の許可を得てきたんだっ」

北条課長が怒声を上げる。

「許可がないと、ＢＢＱしちゃいけないんですか？」

とぼけた顔で陽介が言い返す。

「うちの社員に声をかけるなって言ってんだよ。迷惑だ。みんなもあっちに戻るように」

「はいはい皆さん、課長の指示に従いましょう」

パンパンと小早川が手を叩《たた》くと、期待に満ちた目でバーベキューグリルを見ていた社員たちが、そそくさと元の場所に戻っていった。

残された百々代と水奈子は、悔しそうに両手を握りしめている。

「あのなあ、渡辺、佐藤」と北条課長が声を荒らげる。

「姑息《こそく》なマネするんじゃないよ！　どうせ俺が却下した料理なんだろ？　社員に試食させようなんて、小ズルい考えは許さんからな。二人とも、あっちでビールでも注《つ》いでろよ。女なんだから」

女はビール注ぎ。それが当然のような暴言である。

「パワハラだ……」と百々代がささやく。

「は？　なんか言ったか、渡辺」

「いえ、何も。課長のお考えに従います」

そう言いながらも、百々代の瞳《ひとみ》は憎悪でギラギラと燃えている。

「隆一さん、陽介さん、申し訳ないです」

真摯《しんし》に謝る水奈子に、隆一は「大丈夫ですよ」と答えるしかなかった。

伊勢考案のデリバリーバーベキューが、水の泡と化そうとしている。

「さあ、あっちで飲み直そうか」

北条課長が我が勝利とばかりに大声で言ったそのとき、凛《りん》とした女性の声が響いた。

「これ、美味《おい》しそうね。いただいていいかしら？」

銀髪の中年女性だ。

「もちろん。ご自由に試食してください」

すかさず陽介が答えたが、北条課長が「明智部長、駄目ですって」と女性を止めた。

やはり、彼女が明智部長だったようだ。

「こんな部外者の勝手な行動、許すわけにはいかんでしょう」

「わたしは興味が湧きましたよ。フルーツのお料理なんでしょ？　新メニュー開発のヒントになりそうだし」

「いやいや、時間の無駄になりますから。今日は懇親会なんですよ。社員のことを考えましょうよ」

うんざりとした表情で、課長が部長を諫《いさ》める。

「じゃあ」と明智部長が鋭く言った。

「わたしもあっちに戻って、ビールを注いでこようかしら」

北条課長がピタリと口を閉じた。

ここぞとばかりに、百々代が明智部長に近寄ってきた。

「部長、食べてみましょうよ。実は、私と佐藤さんがセッティングしたんです。なんでも頭ごなしに否定してると、新しい可能性を潰《つぶ》すことになり兼ねませんから」

「そうですよ！」と水奈子が同意する。

「ぜひ、わたしたちとご一緒してください」

「そうね。渡辺さん、佐藤さん、ほかのみんなも呼び集めて。試食してみんなの意見を聞いてみましょう」

「はい！」

威勢よく返事をした百々代は、黙りこくる北条課長を見て、ニタリとほくそ笑んだ。

「じゃあ、ご用意しますね」

隆一は陽介と共に、スイカ料理とカツレツを紙皿によそい始めた。

しかし——。

北条課長は、そのままで収まるような男ではなかった。

「だめだ！　これを食べた者は、そのあとどうなるかよく考えろよ！」

響き渡る威嚇の雄叫《おたけ》び。

再び集まりかけていた社員たちが、一斉に足を止めた。

小早川が一同にささやいている。

「ヤバいって。課長は役員の親戚《しんせき》なんだぞ。マジで考えたほうがいい」

ああ、そういうことか、と、隆一は瞬時に状況を把握した。

コネの威力を持つ北条課長と、おそらく叩き上げの明智部長。どちらにつけば自分の将来に有利なのか、小早川は計算の上で行動しているのだ。

その場が硬直した。

社員たちは、誰も動こうとしない。男も、女も。

百々代たちも明智部長も、次の行動に移せずにいる。

北条課長は、両の腕を組んで睨《にら》みを利かせている。

仕上がっていた料理の熱が、どんどん冷めていく。

「みなさーん」と、朗らかに陽介が呼びかけた。

「深刻に考えないで、食べるだけ食べてみませんか？　きっと、初めての味覚だと思いますよ」

あわてて隆一も声を出す。

「皆さんに食べていただくために、ご用意したんです。どうか、料理を味わうという行為だけを、純粋に楽しんでください。僕たちはギャルソンです。美味しいものを食べてほしい。楽しい場を提供したい。そう思って、いつも仕事をしています。それは、開発部の皆さんも同じなんじゃないですか？」

必死で呼びかけた。これ以上ないくらい、想いを込めて。

しかし、足を動かす者はいない。

いつの間にか、先ほどまで晴れ渡っていた空に、雲が立ち込めていた。

太陽が雲中に隠れ、急に気温が下がったような気がする。

「もういいだろう。あっちに戻るぞ」

北条課長が宣言し、足音を立ててその場を離れる。小早川を筆頭に、社員たちがあとに続く。

百々代と水奈子はうなだれている。助け船を出したはずの明智部長が、憐憫《れんびん》の眼差《まなざ》しで首を左右に振り、二人の肩に手を置いて遠ざかった。

同調圧力、という言葉が、隆一の脳裏にくっきりと現れた。

隣の陽介も何も言えずにいる。

「……諦《あきら》める、しかないんですかね？」

水奈子が泣き出しそうな顔で百々代を見る。

「課長には勝てっこない……」と百々代が弱々しくつぶやく。

二人が諦めてしまったら、隆一たちも撤収するしかない。

万事休すなのか──。

そのとき、「待ってください！」と、一人の男性が声を張り上げた。

「僕、食べてみます！」

走り寄ってきたのは、豊田だった。

「おい、やめとけよ」と小早川が忠告したが、豊田は真っすぐな目を隆一たちに向けている。まるで、練習に打ち込む野球青年のような、ひたむきな眼差しだ。

百々代たちの表情が、瞬時に明るくなった。

それとは対照的に、北条課長は恐ろしい形相で豊田を睨んでいる。

しかし、豊田は気づいていないのか、気づかない振りをしているのか、「これ、三茶のお店で食べたのとは違いますよね？」と、とてもうれしそうに隆一の持っている紙皿を覗《のぞ》き込んだ。

「はい。今回ご用意したのは、コストを考えたものです」

素早く皿と割り箸《ばし》を手渡す。早くしないと、また邪魔が入るかもしれない。

「どうぞどうぞ。お料理は二種類ございます。召し上がってみてください」

陽介も早口ですすめる。急いでいたため、彼も隆一も料理の説明すら飛ばしてしまった。

「いただきます」

豊田が料理を味わった。

まずは、〝スイカと厚切りベーコンのバーベキュー〟。コストを抑えるため、スイカを燻製《くんせい》する工程をカットし、和牛ハラミの代わりにベーコンを使ったものだ。

「うまい！」と彼が叫んだ。

「焼いて甘みを増したスイカがジューシーで、ベーコンの塩気とのバランスがいい。しかも、ベーコンの油っこさをスイカの清涼感が中和してる。このあいだのスイカ料理もよかったけど、こっちのほうが庶民的で僕は食べやすいです」

「ありがとうございます！」

隆一は心の底から、勇敢な豊田に感謝をした。

百々代や社員たちは、固唾《かたず》を呑《の》んでこちらを見守っている。

ただし、北条課長と小早川だけは、二人で懇親会の場所に戻ってしまった。

「こっちはドリアンですか？」

カツレツを箸《はし》でつまんだ彼に、隆一は「いえ、違います。何か当ててみてください」とだけ返答する。

「へえ。面白いですね。当たるかなあ」

白い歯を見せ、豊田がカツレツを齧《かじ》る。サクッ、シャクシャクと音がし、中から溢《あふ》れてきたクリーム状のものと共に、目を閉じて味わう。

「なんだか分かんないけど、うまい！　超うまいっ！　こんなの初めてだ！」

大げさなくらい、豊田は感動してくれた。

「巻いてある生ハムは一緒。でも、中身がドリアンじゃない。濃厚だけど臭みがまったくなくて、甘さも控えめ。ミルキーなチーズのようだけど、あとに残るのはフルーツの爽《さわ》やかさだ。……降参します。なんの果物ですか？」

問いかけられて、隆一は正解を述べた。

「いちじく、です」

「いちじく！」

「はい。その中にモッツァレラチーズを入れて生ハムを巻き、カツレツにしました。ドリアンは高すぎますが、いちじくなら新メニューの素材にもなり得るのではないかと、うちのシェフが申してました。いちじくも熱を入れるととろけるので、ドリアンと食感は似ています。そこにモッツァレラを加えて、ドリアンの熟成香とコクを再現しました」

「なるほど、これは素晴らしい……」

唸《うな》った彼が後ろを振り向き、遠目で見ていた社員たちに呼びかけた。

「皆さんも食べたほうがいいですよ！　絶対に勉強になります。渡辺さんと佐藤が一生懸命リサーチして、用意したんです。美味《おい》しいものを提供するために、僕たちは開発部にいるんですよ。この機会を逃すなんて……」

そこでひと呼吸入れて、豊田は遠くにまで響く大声を出した。

「もったいないです！　悲しいです！　情けないですよ！」

若手社員・豊田の、精一杯の訴え。

隆一は、密《ひそ》かに感動していた。

豊田の言葉だけで、何かが報われたような気がした。

しばしの静寂――。

やがて男性社員の一人が、「そうだよな……」とささやいた。

「探求心って大事だよな。俺も食べたい」

「同感。食べます！」

「あたしも！」

「じゃあ、私も食べる！」

「俺にもください」

その場にいた全員が、グリルの前に集まってきた。

「すみません、順番にお出ししますね」

陽介が満面の笑みを作り、皿に料理を盛り出した。隆一も急ピッチで手伝う。

ズラリと人が並ぶ列の中に、にこやかに頷《うなず》く明智部長がいる。

「豊田くん、ありがと」

「本当にありがとう」

百々代と水奈子が、震える声で礼を言った。

「いや、本当に食べたいなと思ったんで。超絶にウマいだろうなって分かってましたしね。あのビストロの料理なら」

皿を空にした豊田が笑う。

感極まった表情の百々代が、ふう、と息を吐き出す。

「もう新メニューの採用なんてどうでもいいや。ここに用意したのは、私と水奈子が見つけた、美味しいビストロが考えてくれたお料理。みんなに食べてほしい。ううん、一緒に食べたい」

「そうですね。みんなで食べましょう」

百々代は水奈子と共に、列の最後に並んだ。

やがて社員たちは料理を試食しながら、美味しい、新しい、もっとこうしたら……などと、口々に伊勢の考案したフルーツ料理について語り始めた。

皿を手にした明智部長も、その輪の中にいる。

誰もが真剣に味わい、ディスカッションを楽しんでいるようだ。隆一には、それがとてもうれしい。

気がつくと、小早川まで料理を食べていた。

いつの間に！

吹き出しそうになった隆一の視線の先で、北条課長だけが苦虫を嚙《か》み潰《つぶ》したような顔でこっちを眺めている。

できれば、課長にも輪に加わってほしいけど、それは彼のプライドが許さないのだろうな。反抗した豊田たちが、どうなるのかも心配だ……。

心に影が差しそうになった隆一のそばで、「ああっ」と小早川が声を上げた。空の皿を持ったまま、北条課長のほうに一歩踏み出す。

「徳峰《とくみね》社長！」

ええ？　とざわめき出す社員たち。

社員たちを睨《にら》んでいた北条課長が、大あわてで後ろを振り向いた。

「社長、いらしてくださったんですか」

課長は揉《も》み手《で》でもしそうな勢いで、ワントーン高い声を出す。

「うん。うちのタワーマンション、二子にあるから。ちょっと寄ってみちゃったよ」

長身で細身の老紳士が、課長の後方から歩いてきたのだ。そのままこっちに向かってくる。

「あ、あの、そちらはうちの会場ではなくて……」

引き留めようとする北条課長。

しかし徳峰社長は、「え？　会長？　会長は来ないと思うよ、さすがに」と飄々《ひょうひょう》と答える。「会場」を「会長」と聞き間違えたのかもしれない。

「いい匂いがしてるじゃない。あれ？　スイカのバーベキュー？　懐かしいなあ。ニユーヨークで食べたスイカのステーキ、思い出しちゃうねえ」

「ああ、有名レストランの名物料理らしいですね」

「北条くんが用意したの？」

「えー、っとですね……」

しきりに額を拭《ぬぐ》う北条課長。汗を拭《ふ》いているのだろう。

「北条くん、僕ももらっていいかな？」

「も、もちろんです」

はあ？　と隆一は北条課長を凝視した。

これほどあっさりと長いものに巻かれる人を、目撃したのは初めてだった。

予想外の展開に、誰もが口を利けずにいる。

ついに、社長と課長が隆一たちの目前までたどり着いた。

「社長。ご都合がついたんですか？　無理だっておっしゃってたのに」

明智部長がおっとりと話しかけると、「うん。意外と早く終わったから」と笑う。

優雅でやさしそうだが、その裏に厳しさも垣間《かいま》見える笑顔だ。

「開発チームがフルーツ料理の提案をしてくれたんですよ。フェアのために」と部長が説明する。

「ぜひぜひ、社長さんも食べてみてください！」

陽介が屈託なく話しかけ、紙皿と割り箸《ばし》を徳峰社長に手渡した。

「懇親会なのに、みんな仕事熱心だねえ。このカツも果物なの？」

「はい。食べて中身を当ててみてください」

そう陽介が言った途端、社長の目が鋭くなった。

「面白い。当ててみようじゃないか」

速攻でカツレツをひと口食べ、しばらく考えたのち、社長が断言した。

「これは生ハムを巻いたいちじくだねえ。中にモッツァレラが入ってる」

「すごい、大当たり……」です、と続けようとした隆一の声を、ある男が遮った。

「さすが社長。お見事でございます」

もちろん、この中で唯一、料理を食べていない北条課長だ。

百々代たち女性陣が、不快そうな目で課長を見ている。

「んー、でもなあ、これだとフェアには出せないかなあ……」

「社長はそうおっしゃると思ってました。別の案を用意してありますので」

弾《はじ》けそうな笑顔で、課長が社長ににじり寄る。

「北条くん、このモッツァレラ、アメリカンチェダーにしたらどうかな。うちのファミレス向けの味になるんじゃないかなあ。コストも下がるし」

「……おっしゃる通りです」

笑みを崩すことなく、課長が返答した。

「そしたら、フェアに入れられるかもしれない。北条くん、どう思う？」

「確かにそうですね。小早川、改良を頼む」

とんでもなく調子のいい北条課長。

呆《あき》れを通り越し、もはや笑える。

「承知しました。発案者は渡辺と佐藤なので、彼女たちと一緒に改良します」

小早川に名指しされ、百々代と水奈子が社長にお辞儀をする。

「ああそう。女子は果物が好きだからね。いいアイデアだと思うよ」

「ビストロの方々に協力していただいたんです」

百々代が隆一たちを手で示す。

「それはありがたいねえ。社員だけだとアイデアの視野も狭くなるからね。スイカとベーコンもなかなか良さげだ。これも検討してみてよ。北条くん」

「かしこまりました」

北条課長は、深々と社長に頭を下げた。

豊田が隆一たちに向かってVサインを作る。明智部長も静かにほほ笑んでいる。

「よーし、オレらは任務完了だな」

陽介がラウルのように右拳《こぶし》を口に寄せ、小さく上に振った。

※

それから三週間ほどが過ぎた頃、百々代から三軒亭に連絡があった。

結局、〝スイカとベーコンのバーベキュー〟と〝いちじくとチェダーチーズのカツレツ〟が、フルーツフェアに採用されることになったそうだ。

協力店として三軒亭の名前もメニューに入れたい、と言ってくれたのだが、それは室田が断った。謝礼だけで十分だと。

「なんで断っちゃったんですか？　お店の宣伝にもなったのに」

残念がる陽介に、室田はこう言った。

「それで新規のご予約が増えたら大変でしょ。うちは小さな店なんだから、馴染《なじ》みのお客様にもご迷惑だし」

そんな室田の誠実な考え方に、隆一は共感しきりだった。

だからこそ、この店は常連客から信頼されているのだろう。

「カンパーイ！」

閉店後のフロア。スタッフ一同はテーブル席に座り、シャンパングラスを重ね合わせた。新メニュー採用記念のお祝いである。

「いやー、あの日は大変でしたよ。北条課長が邪魔に入るから」

伊勢特製のカナッペを頬張りながら、陽介が言った。

「僕もダメかと思ってました。社長さんが来てくれてよかったです」

「すごいラッキーだったよなあ。絶妙なタイミングだったんだろ？」

正輝に問われ、隆一はネタばらしをする。

「実は百々代さんたち、部長さんにだけは事前に計画を話してあったんです。それで、部長さんが社長さんを呼んでくれたんですよ。懇親会に顔を出してほしいって。来てもらえる確率は五分五分だったらしいんですけどね」

「なるほどな。女性陣でタッグを組んでいたのか」

「そうなんですよー。きっと明智部長も、パワハラ課長をなんとかしたかったんじゃないですかね」と陽介がうれしそうに述べ、「でも、勝利の決め手は伊勢さんのアイデアですよ！」と、伊勢に向かって拳を上げた。

「ですね。あの料理、本当に美味《おい》しかったです。社員の皆さんも感心してました」

隆一も伊勢を称える。もう何度目か分からないが、何度でも称えたい。

「いや、百々代さんと水奈子さんの情熱だろう。俺はあのとき、彼女たちに協力したいと思った。それだけだから」

静かに伊勢が言う。

確かに、あの二人は熱かった。その熱が、周囲を動かしたのだ。

初めは奇妙な客人だと思ったけど、実は真摯《しんし》な仕事人だったんだなと、隆一は感慨深く思っていた。

「これが切っかけで、百々代さんたちが仕事しやすくなるといいわね」

シャンパンを口に含んだ室田を、伊勢が心配そうに見た。

「重さん、量が増えてないか？　アルコールは控えてたのに」

ああ、と室田がグラスをテーブルに置く。

「まだドクターストップ中なんですからね。気をつけてくださいよ」

「室田さんに何かあったら、オレらガチで困りますから」

正輝と陽介もやんわりとたしなめる。

「そうなんだけどね。同業者の会合とかワイン会に呼ばれたりすると、つい飲んじゃうのよね。この仕事、付き合いも大事だから」

そう言われてしまうと、誰も何も言えなくなる。

「まあでも、アタシに何かあったら、正輝がソムリエになればいいんじゃない？」

「やめてくださいよ、縁起でもない。俺には無理です」

「あら、アタシ知ってるのよ。正輝がお酒の勉強してるの。ワインとカクテル」

「え？」と正輝が驚いた顔をする。

「オレも知ってます。正輝さんがワインスクールに通い始めたこと。ロッカーに教本が入ってるの、見ちゃったんですよねー」

ほろ酔い状態の陽介を、正輝が横目で見る。

「陽介、余計なこと言うなよ」

「そうだったんですね！　ソムリエの資格とか取っちゃうんですか？」

「いや、これは単なる趣味で。行き始めたばかりだし……」

「正輝さんならすぐ取れそうじゃないですか。僕、応援したいです！」

隆一も高揚感で饒舌《じょうぜつ》になっている。

「そーだ！」と陽介が指を鳴らした。

「今度、みんなでワイナリー見学に行きましょうよ。室田さん、よく山梨に行ってるじゃないですか」

「ああ、友だちのワイナリーにね。山梨の葡萄《ぶどう》畑の中にあるのよ」

「連れてってくださいよ。正輝さんの勉強になるし。隆一、行きたくない？」

「行きたいです！」

「だよな。みんなで行きましょうよ。ワイナリーを見学したあと、周辺観光もしちゃったりして。あ、うちのワゴンにBBQセット積んであるから、あっちでやるのもいいですよねー。オレが運転します。やば、早く行きたい！」

「あのなあ陽介、勝手に盛り上がるなよ」

あくまでもクールな正輝だったが、伊勢が「じゃあ、今度行こうか、五人で」と言った途端に、「ぜひ」と口角を上げた。

「ワイナリーなら実技が学べそうですから」

すると、室田が穏やかな口調で正輝に話しかけた。

「今のソムリエ試験って、昔より難易度が高くなってるみたいね。だけど、勉強は無理のない程度にしてね。免許を持たないお酒のプロだって多いんだから。それに、学んで得る知識や資格も大事だけど、それ以上に大事なのが、『ワインが好きで、だから知りたくなる』って気持ちだと思う。正輝は探求心が旺盛《おうせい》だから、その点は頼りになりそうだけど」

「お役に立つか分かりませんが、ワインが好きなことは確かです」

正輝が言い切る。

「じゃ、オレはもっとサーブを練習します。ナイフさばきとかフランべとか、お客様の前でやりたいんですよねー」

「僕もやりたいです」

こぞってやる気をアピールする陽介と隆一。

鋭利なナイフや火を使う料理のサーブは、伊勢か正輝しか担当できない。陽介と隆一はまだ修業中なのである。

「継続は力なり。アタシがいま言えるのは、それだけよ」

室田がゆっくりと立ち上がる。

そして、次の瞬間——。

「あ、室田さん！」

「室田さーん！」

「室田さん、どうしましたかっ？」

「重さん！　おい、重さん！」

そのまま崩れ落ちるように、室田は床に倒れた。

2

Pho ～フォー～

Bistro Sangen-tei

いかにも夏空、と呼びたくなるような晴れた日の午後。三軒亭の定休日。隆一たちギャルソンと伊勢は、都内の病院を訪れていた。店から救急車で運ばれ、そのまま入院した室田の見舞いである。

検査の結果、室田はアルコール性肝炎を患っていることが判明し、入院治療を受けることになってしまった。

「アルコール摂取を続けた結果として、肝細胞が炎症してる状態だ。軽く済めばいいが、重い場合は命にもかかわってくる。もしかすると室田さん、体調が悪いのに我慢してたんじゃないか」

見舞いに行く道すがら、正輝がつぶやいた。

「俺はまた、身内の変化に気づいてやれなかったのか……」

伊勢が暗い声を出し、正輝が即座に「いや、肝炎は自覚症状がない場合もありますから」とフォローを入れる。

身内の変化とは、もちろんマドカのことだろう。

「大丈夫！　だなんて気安く言えないけど、大丈夫だって信じましょうよ」

いつもは朗らかな陽介も、心なしか表情が暗い。

「ですよね。僕は信じます」ということしか、隆一にはできない。

病室に入ると、そこは小さな個室だった。

南向きで日差しがたっぷりと入るため、悲壮感はほぼ皆無。しかし、消毒薬のような強い匂いが、ここが病を抱えた人々の仮の住み家であることを物語っている。

その個室のベッドで、白い浴衣《ゆかた》を着た室田が半身を起こして横たわっていた。腕から伸びた細い管は、点滴パックに繋《つな》がっている。点滴を受けながらワイン関係の本を読んでいたようだ。

意外と浴衣が似合う。濃い目の顔立ちで強面《こわもて》な彼だが、病室というシチュエーションのせいか、いつもの濃さが薄まり、弱々しくさえ見える。

「あらあら、全員で来ちゃったの？　ごめんなさいね」

声が元気そうだったので、隆一はひとまず胸《むね》を撫《な》で下ろした。

「何か必要なものはない？」

伊勢が尋ねた。

「大丈夫。雅子《まさこ》姉さんが世話焼いてくれてるから」

雅子姉さんとは、伊勢の母親で室田の姉に当たる人だ。

「輸液で脱水と電解質異常を改善するんですって。しばらく入院しないといけないみたい。申し訳ないんだけど、お店のこと……」

「心配しないで。もう考えてあるから」

伊勢が室田に説明する。

まず、予約客の数を減らす。ギャルソンの指名制は中止し、ごく普通のビストロ形態にする。デザートのワゴンサービスも中止して、営業時間をこれまでより短くする。

「オーダーメイド形態は変えないから。それとソムリエは……」と伊勢が言ったところで、正輝が力強く宣言した。

「僕がやります。ギャルソンと並行して。それでカバーできると思います」

「正輝……」と言ったあと、室田が盛大にため息をついた。

「本当に悪いわねえ。すぐに治して復帰するから」

「オレももっと頑張りますから。室田さんは身体を治すことだけ考えてください」

陽介に先に言われてしまい、隆一は頷《うなず》くだけに留《とど》めた。

「やっぱり、身体は大事にしなきゃダメね。このくらいならいいだろうって、付き合いで飲んじゃったアタシの自己責任」

「まあ、強制的に禁酒されるんだ。いい機会なんじゃないかな。これで健康になってくれたら御の字だ」

伊勢の瞳《ひとみ》には安堵《あんど》の色が滲《にじ》んでいる。

陽介が「退院したらＢＢＱツアーに行きましょうよ」と言い出し、話題が逸《そ》れていった。場が一気に明るくなる。

いつも朗らかで愛嬌《あいきょう》たっぷりの陽介。冷静でスマートな正輝。穏やかで器の大きい室田。物静かだけど実は熱い伊勢。

三軒亭の先輩たちは、皆やさしい。

そのやさしさが生み出す灯《あか》りを目指して、今という過酷な時代を旅する人々が店に集まってくる。美味《おい》しい料理と癒《いや》しの時間を求めて。

よーし。室田さんが帰ってくるまで、三軒亭を守り切るぞ！

相変わらずセリフがクサいな、と自分にツッコんだ隆一の視線が、ベッド脇の机に置いてある写真立てをとらえた。

古い写真だ。

写っているのは、どこかの公園内で笑う色白の幼女。パンダの乗り物にまたがって、全力ではしゃいでいる。

まだ三歳くらいだろうか。頭の左右で結わえた長い髪と、大きな瞳が愛らしい、真っ白なウサギを連想させる女の子だ。

――一体、誰なんだろう？

その疑問は口には出さずに、隆一は皆と共に病室をあとにした。

誰もが無言のまま冷たい廊下を歩いていたら、後ろから女性の声が響いてきた。

「優也！」

振り向くと、背の高い中年女性が立っている。ジーンズ姿でメイクが薄いせいか、とても若々しい。

「ああ、来てたんだ」

「買い物いってた。正輝くんと陽介くんも来てくれたんだね。ありがとう」

「ご無沙汰《ぶさた》しております」

正輝が直立不動で挨拶《あいさつ》をし、陽介が隆一に「伊勢さんのお母さんで、室田さんのお姉さんの雅子さん」と女性を紹介する。

隆一はあわてて「は、初めまして！　ギャルソンの神坂隆一です」と頭を下げた。話には聞いていたが、顔を合わせる機会が今までなかったのである。

「こんにちは、うちの息子と弟がお世話になってます」

大らかに笑う伊勢の母・雅子。伊勢とは目元が似ている気がする。

「いえ、お世話になってるのは僕のほうで……」

なんと続けたらいいのか詰まっていたら、「皆さん、本当にわざわざありがとう」と丁寧に頭を下げてきた。

いやいや、とんでもない、と謙遜《けんそん》する隆一たちに、雅子がやさしくほほ笑んだ。

「せっかくだから、談話室でお茶でもご馳走《ちそう》させてもらえないかな？」

「いいんですか？」

間髪容《い》れずに陽介がよろこびの声を上げる。

「ぜひ。お店の話も聞きたいから」

「じゃあ、お言葉に甘えて」

正輝も同意したが、伊勢は「ごめん、俺は先に行くよ。明日《あした》は忙しくなるからよろしくな」と言って、すたすたと歩き出した。

「もー、相変わらず愛想のない子ね。隆一くんは時間ある？」

「もちろんです」

かくして、ギャルソン三人と伊勢の母親は、病院の談話室へと向かったのだった。

簡素ながら清潔感のある談話室には、大型モニターのテレビがあり、数名の患者たちがスポーツ中継を観戦している。

窓辺のテーブルに座った隆一たちに雅子がご馳走してくれたのは、カップ式自動販売機のミル挽《び》きドリップコーヒー。香ばしい温かさが喉《のど》を通り過ぎるたびに、気持ちが落ち着いてくる。

そこで隆一たちは、雅子からいろいろと質問をされた。

三軒亭の職場環境、伊勢や室田の働きぶり。

三人が口を揃えてシェフとソムリエの有能ぶりを褒め、職場としての居心地の良さを伝えると、彼女はうれしそうに頰を緩ませた。

「あの店、オープンするまでが大変でね。オーダーメイドの店にしたい、なんて優也と重が言い張るから。うちの実家と提携させるために、私も散々協力して……」

室田の実家は、横浜《よこはま》で数軒のフランス料理店を経営している。その会社と三軒亭は業務提携をしているから、低コストでの食材の仕入れが可能となり、料金を抑えられているのである。

本来は跡取りだったのに、飛び出して自分の店を立ちあげた室田と、初めは反対していた実家の父との仲を取り持ったのが、外ならぬ雅子だったそうだ。

長男の室田が抜けた実家のレストランは、次男が継ぐ予定らしい。

「三軒亭が軌道に乗ってよかった。いいスタッフさんに恵まれたんだね。あとは、重が早く回復してくれればいいんだけど……」

視線を窓の外に移す雅子に、「実はオレ、ちょっと気になったことがあって」と陽介が話しかけた。

「なあに？」

「室田さんの病室に写真があったんです。小さな女の子の写真。誰なんですかね？」

「焼けてしらっちゃけていた。かなり昔の写真だったたな」と正輝もつぶやく。

二人とも、隆一と同じ疑問を抱いていたようだ。

「ああ、あれね」

残っていたコーヒーを飲み干してから、雅子は言った。

「美羽《みわ》。重の娘」

ええっ？　と、三人同時に驚き声を出してしまった。

「室田さん、ご家族がいたんですか？」

そんな気配はまったくなく、話題にしたこともなかったので、室田は独身だと隆一は思い込んでいた。正輝も陽介も同様だ。

「そう。昔はね」

ぽつりと雅子がつぶやき、次の言葉を待ったが、無言の時間が過ぎていく。

してはいけない質問だったのかな？　話を変えてみようか……。

間が持てずに隆一が別の話題を探していたら、「ここで話をやめたら、気になっちゃうよね」と雅子が言い、室田の過去を打ち明け始めた。

「重は、仕事に夢中だった。ただ、それだけだったんだけどね……」

──実は、室田には離婚歴があった。

恵比寿のフレンチレストランに勤めながら、シニアソムリエの資格を習得。休日も勉強を兼ねて飲み歩く日々が続き、家を空けることが多かった。寂しさを募らせた妻の小夜子《さよこ》が一人娘の美羽を連れて実家に戻ったのは、今から十年前。美羽が八歳の頃だった。

「自分が家庭を顧みなかったせいだって、重は言ってた。だから、離婚したいという小夜子さんの申し出を受け入れたらしいの。でも……」

やや言い辛《づら》そうだったが、一旦《いったん》話すと決めた雅子は口を閉ざさなかった。

「わたしは、それだけじゃない気がした。……言葉遣いだな、って」

「言葉？　室田さんの？」

うん、と雅子は隆一に頷《うなず》く。

「重は接客のために話しかたを替えて、どんどんソフトになっていった。すっかりオネエっぽくなっちゃったんだよね。だけど小夜子さんは、それを受け入れられなかったんじゃないかな。美羽に悪影響があると困るって、よくわたしにこぼしてたから」

仕方ないけど、と雅子が残念そうに吐息を漏らす。

仕方ないのよ、と隆一の頭の中で室田がほほ笑んだ。

そんなの偏見じゃないか！　と憤りそうになったが、室田の妻がどんな思考を経て離婚を決意したのか、本当のところは知る由もない。そう思い直して平常心を保った。

離婚して以来、室田は娘と月に一度しか逢《あ》わせてもらえなくなった。数年後に元妻が再婚してからは、もう逢わないでほしいと彼女から言われたそうだ。しかも美羽の新しい父親は、はるか遠い九州・福岡在住の男性。街中で偶然逢える確率など、皆無だった。

「それでも、重は美羽に逢いたかった。忙しくて遊んでやる時間もあまりなかったんだろうけど、本当に可愛がってたの。たまの休みにはフレンチに連れてったりしてね。いつも美羽の写真を持ち歩いて、それを眺めるのが重の安らぎだった。だから、福岡にも何度か行って、顔だけ見て帰ってきたこともあってね。……でも、あるときを境に、きっぱりと諦《あきら》めた」

一斉に、なんでですか？　と言った三人に、雅子は告げた。

「新しいお父さんに気づかれちゃったんだって。で、彼に頼み込まれた。『美羽は必ず幸せにするから、もう来ないでくれ』って」

悩まし気な雅子を前に、隆一は何も言えずにいた。

「わたしにも小夜子さんから電話があったんだ。美羽もアキも新しい家庭に馴染《なじ》んでるんだから、来られると困るって……」

「アキ？　アキって、ビーグルですよね？　僕、室田さんから画像を見せてもらったことがあります。家族のように大事にしてるって」

「それも昔の話。美羽もアキも、今は福岡にいるの」

そんな……と隆一は小声を出す。

室田は、中目黒《なかめぐろ》のマンション住まいだと聞いていた。アキと一緒に暮らしていると思っていた。店にいるときが多いから、アキの世話はシッターさんでも頼んでいるのかな、などと勝手に想像していた。

「……俺たち、室田さんのこと、何も知らなかったんですね」

正輝が低い声を出す。

「いつも店にいてくれるのが当たり前で、相談してばっかで。オレ、室田さんに甘えてました」

陽介もうなだれている。

そういえば、と隆一は思い出していた。

閉店後のカウンターでグラスを磨きながら、「アタシはワインと結婚したようなもんよ」と室田が笑ったことがあった。

いま思えば、やけに寂しそうな笑顔だった——。

「……優也は、美羽の代わりだったのかもしれないね」

しんみりと言った雅子の言葉に、隆一の胸がチクリと痛んだ。

甥《おい》っ子の伊勢に料理の才能があると見抜き、自らが勤める店でシェフの修業をさせたのは室田だ。そして、出資して店を持たせたほど、伊勢を全力で支えている。

室田は、もう逢えない子どもの面影を、甥の伊勢に重ねていたのだろうか。

「入院のこと、娘さんには知らせないんですか？」

ふと尋ねた隆一に、雅子は首を横に振ってみせた。

「重に言われてるから。美羽には連絡しないでほしいって。わたしもね、小夜子さんにだけは伝えておこうかなと思ったの。でも、入院くらいで電話しないでくれって言われそうで、やめちゃった」

――あの子が幸せなら、それでいいのよ。

きっと室田なら、そう言うだろうなと、隆一は確信していた。

「……ここだけの話ね。重がいないあいだ、お店のことよろしく頼みます」

雅子に手を合わせられて、隆一たちは「はい！」と力強く返事をしたのだった。

※

翌日は、夕方から貸し切り客の予約が入っていた。

室田不在のまま、三軒亭はゲストたちを迎えた。

「やだー、ステキなお店じゃない！」

「ホント。アリサさん、よく来てるの？」

「たまにね。結衣《ゆい》さんたちと」

「そう、子どもたちと一緒にね」

「いいなあ、近くにこんなお店があって」

「わあ、見て！　豪華なブッフェ！」

「美味《おい》しそう」

「お腹空《す》いたわー」

「お母さん、ジュース飲みたい」

「僕もジュース」

「はいはい。ちょっと待ってて」

賑《にぎ》やかに入店してきたのは、総勢十組、二十名の母と子だ。

今宵《こよい》は、ブッフェ式の優雅なママ友会が開催されるのである。

彼女たちの子どもは、全員が同じ児童劇団に所属しているらしい。

「アリサさん、結衣さん、いつもありがとうございます！　今夜は楽しんでいってくださいね」

陽介が一目散に近づいたのは、常連客の伏見《ふしみ》アリサと川崎《かわさき》結衣。アリサは長身でスタイル抜群のマダム風。結衣は小柄で学生と言われても信じてしまいそうなくらい若く見える。

　アリサの隣にいる息子の信太郎《しんたろう》は中学二年生。結衣の息子の空人《そらと》は中学一年生。信太郎も空人も、二度見したくなるほどの美少年だ。

「いろいろワガママ聞いてもらってありがとう。……信太郎、イヤホン外しなさい。これからお食事なんだから」

　アリサに窘《たしな》められて、黙ったままイヤホンを外す信太郎。スマホで音楽でも聴いていたようだ。

　そんな信太郎に隆一は、無口でやや影のある二枚目、といった印象を抱いた。

「こちらにどうぞ」

　正輝が一同をテーブルに案内する。四人掛けのテーブル五卓が、あっという間にママ友とその子どもたちで埋まった。

「信太郎くん、なに聴いてたの？」と、同じテーブルに着いた結衣が尋ねた。

「洋楽。ダンスミュージック」

「そっか。信太郎くん、ダンス上手だもんね。うちの空人はＢＤＦばっか聴いてるの。ね？」

「ボクは今、ＢＤＦにしか興味ないも〜ん」

　甘えん坊風の話し方をする空人は、女の子のように愛らしい顔立ちをしている。

「そうだ、BDFの公開オーディション、ネット番組で観たよ。信太郎くんも空人くんもカッコよかったー」

隣のテーブルのママ友が話しかける。鮮やかな赤いワンピースをまとった彼女が連れているのは、同じような赤いワンピースを着た小学校高学年くらいの少女。これまたアイドルばりの可愛らしさである。

というか、児童劇団に所属しているだけあって、どの子も平均値以上の容姿をしている。ママ友たちも垢抜《あかぬ》けた人ばかりだ。子どもの中で中学生は、信太郎と空人だけ。あとは小学生のようだった。

「アリサさんも結衣さんも、現場にいたんでしょ？　生BDF、どうだった？」

「やっぱり六人ともオーラが違ってた。うちの空人とは段違い」

結衣が答え、空人がむくれた顔をする。

「誰だって最初は普通なんじゃない？　場数を踏んでオーラが生まれるのよ、きっと」

訳知り顔でアリサが述べる。隣の信太郎はしきりにスマホをいじっている。

先ほどから会話に出ているBDFとは、〝BOYS DANCE FACTORY〟の略称で、十代の少年たちによるアイドルユニットだ。アイドル、とは言っても歌もダンスも本格志向で、最近、急激に人気を増していた。

そんなBDFが、新メンバーの一般オーディションを開催したのは、二か月ほど前のこと。そして昨夜、数千人の中から一次・二次を通過した三人の少年が、スタジオに観客を入れた最終オーディションに挑んだのである。

BDFたちもパフォーマンスを披露した最終オーディション。ネット番組やテレビのワイドショーで何度も事前告知を流していたため、隆一でも知っているくらい、注目度の高いイベントだった。

まさか、その最終候補になった少年二人が来店するなんて、思ってもいなかったのだが。

「結果が気になるわねえ。来月、BDFのライブで発表されるのよね？　ツアーの初日で」

赤いワンピースのママ友が、再び問いかけた。

「そうなんだけど、わたしたちには今日中に連絡がくるんだって」とアリサが答える。

結衣が「そうそう。ちょっとドキドキなんだよね」と続けた。

わあ、と周囲がざわめき立つ。

「やだもー、早く言ってよ」「じゃあ、私たちはいち早く結果を知っちゃうわけね！」

「なんか、こっちまでドキドキしてきた」

口々に高い声を上げるママ友たち。一緒にいる子どもたちも、興味津々の表情で信太郎と空人を見つめている。

マジか！

隆一は胸の中で叫んでいた。つまり、今夜ここで、BDFの新メンバーが決まる瞬間を目撃してしまうかもしれないのだ。

「もちろん結果は気になるけど、最終に残っただけでも十分だと思ってる。いい経験になったって。信太郎もそうでしょ」

アリサに話を振られ、信太郎が「うん」と頷《うなず》く。

「さすがアリサさん、余裕だわー。うちは受かったときのことしか考えてないの。空人なんて、ライブでなんて挨拶《あいさつ》するのか考えてて……」

「ママやめてよー。落ちたら恥ずかしいじゃん」

空人が口を尖《とが》らせる。そんな表情もいちいち愛らしい。

「ねえ、新メンバーって、選ばれるの一人だけなんだっけ？」

「一応ね」と、アリサが赤いワンピースの母親に答えた。

「だからね、今夜は祝賀会になるかもしれないの。もしくは、残念会」

やや不安そうに結衣が言った途端、全員が口を閉ざす。

この場にいる信太郎と空人、そして、見当たらないもう一人の少年。最終オーディションに臨んだ三人の中から、一人だけが選ばれる。

その残酷さに、母親たちがやっと気づいたようだ。

一方は祝賀会、もう一方は残念会。そんなの酷《ひど》すぎる。

二人とも落ちた場合は、残念会だけで済むんだけど……。

自分自身もオーディション経験者で、何度も残念な思いをしてきた隆一は、二人の少年の状況が他人事《ひとごと》とは思えなかった。


「お飲み物はいかがなさいますか？」

ようやく正輝が口火を切った。先ほどからギャルソン三人は、飲み物のオーダーを取るために待機していたのだが、話が盛り上がっているため、タイミングを見計らっていたのだ。

「本日はブッフェですので、メニューの中からお選びください」

「ママー、ジュース」と女の子の声がし、一同がテーブル上のドリンクメニューを覗《のぞ》き込む。

やがて、「オレンジジュース」「ジンジャーエール」「トマトジュース」「ウーロン茶」と、一斉に飲み物をオーダーしてきた。隆一は、担当するテーブルの飲み物を急いでメモする。ワインやビールも飲み放題となっているが、アルコールを頼む者はいない。

「やっぱりあたし、ブラッディ・マリーを飲もうかな。メニュー外だけど、いいですか？」と、初めはトマトジュースを要望していた結衣が言った。

室田の代理である正輝が、「かしこまりました」と答え、颯爽《さっそう》とした足取りでバーカウンターに向かう。隆一と陽介もあとに続く。

正輝さん、大丈夫かな……？

カウンター内で人数分のソフトドリンクを用意しながら、隆一は正輝を窺《うかが》った。カクテルも勉強中の正輝だが、店でゲストに提供するのは初めてだ。

「……正輝さん、それジンですよ。ブラッディ・マリーはウォッカとトマトジュース」

さりげなく陽介に指摘され、「あ、ああ」とひと声発してウォッカのボトルを手に取る。やはり、いきなりのバーテンダー・デビューで緊張しているようだ。

「結衣さん、アルコール飲んじゃうの？」「子どもたちの前なのに？」「まあ、結果発表前だからね」「飲みたくなる気持ちは分かるけどさ」「でもねえ……」

ママ友たちの声が聞こえてきた。

余計なお世話なんじゃないかな。好きに飲ませてあげればいいのに。

と隆一が思った矢先、結衣が「やっぱり、ブラッディ・マリーはいいです。トマトジュースください」と、カウンターに向かって大声を上げた。

「かしこまりました」

正輝は冷静に対応し、すでにウォッカを注《つ》いでしまったグラスを片付ける。

「そういえばさ、うちの子の舞台がもうすぐあるんだけど……」

ママ友たちは、「子どもが舞台で重要な役を射止めた」「うちはCM撮影がある」など、互いの報告のようでマウントの取り合いのような会話を繰り広げている。

「あーそうだ。今日買った雑誌に空人くん載ってたよ。めっちゃ可愛い」とママ友の一人が雑誌を見せる。得意そうな表情の結衣と空人。空人は雑誌モデルとしても活躍しているらしい。

「飲み物、遅いわね……」

急に機嫌が悪くなるアリサ。

「はい、ただいまお持ちしましたー」

ワゴンを持った陽介が、軽やかな足取りでテーブルに近寄る。

遠くのテーブルで、ママ友たちがヒソヒソと話し始めた。

「この雑誌のモデルオーディションって、信太郎くんも一緒に受けたんだよね？」

「そう。彼は落ちちゃったの」

その信太郎は、相変わらずうつむいたままスマホをいじっている。

飲み物をテーブルに運びながら、隆一は考えずにはいられなかった。

一見、仲が良さげなママ友たちだが、実は子どもを通じたライバル同士であるのだ。美しく装った内面には、互いにドロリとしたものを隠し持っているのだろうな、と。

役者を目指していた隆一には、その気持ちが痛々しいほど伝わってくる。

みんな、それだけ必死なんだろうな……。

いつだったか、室田が嫉妬《しっと》について語ったことがあった。妙に説得力があったため、今でもはっきりと覚えている。

「嫉妬や妬《ねた》みは、向上心の表れでもあるのよ。失ってしまったら、その人は今の位置で止まってしまう。それは、高みを目指す者には必要な燃料。飛躍の元にもなるエネルギーなの。ただし、矛先を他者にではなく、自分の内面に向けられさえすれば、だけどね」

大きな夢を持つ者は皆、負の感情をもエネルギーにし、上を目指して努力をしているのだろう。自分だって、役者を夢見ていた頃はそうだった。

しかし、その果てなき夢は、どこにも属せない己の居場所探しでもあったのだと、この店で働き始めてから気づいてしまった。今は、三軒亭を守るのが使命だと思っている。誰に頼まれたわけでもない、自分の勝手な想いだけれど。

——余計なことは考えないで、サービスに努めないと。

仕事に集中して、飲み物を各席に運んだ。

「じゃあ、皆さん。今夜は思い切りブッフェを楽しみましょう」

幹事であるアリサの音頭で乾杯をしたあと、母子たちは店内中央に設《しつら》えたブッフェ台に向かい、好みの料理を皿によそって食事を始めた。

「盛り付けがかわいい！」「キレイねえ」「美味《おい》しいー」「こっちも食べてみてよ」

ガヤガヤと食事を楽しむ一同。

伊勢が今日のために考案したのは、〝大人も子どもも楽しめるブッフェ〟だ。〝白、赤、紫のジャガイモで作った〝三色のフライドポテト・トリュフ塩添え〟。〝自家製ソーセージのタルトフランベ（フランス・アルザス地方のピザ）〟。その他、季節のサラダやエビのフリットなどがズラリと並んでいる。

保温された鍋《なべ》の中で湯気を立てているのは、フランスでお馴染《なじ》みの麺《めん》料理、〝フォー〟のスープだった。食欲をそそる香りが周囲に充満している。

かつてフランスの植民地だったベトナムの料理は、中国とフランスの影響を受けて発展したという。中でも、きしめんのように平たいライスヌードルをスープで食べるフォーは、専門店があるほどフランスでも人気らしい。

スープ鍋の横には伊勢が待機し、求めに応じてフォーの仕上げをしている。

トッピングの薄切り牛肉、魚団子、ニョクマム（魚醬《ぎょしょう》の一種）、ミント、コリアンダー、ニラ、もやし、レモンなどを、お好みで入れて手渡すのだ。

「まさか、ビストロで本格的なフォーが食べられるなんてね」「レモンの酸味が利いてて夏にぴったり」「スープが美味しい。飲み干せそう」「牛肉も柔らかくて美味しいわよ」

ママ友たちにも好評なフォー。空いたグラスや皿を下げていた隆一の前で、アリサと信太郎もフォーを食べている。

「信太郎、またお代わりしたのね。フォーが気に入ったんだ」

「まあね」と母親のアリサに答え、信太郎は箸《はし》でライスヌードルを食べる。

ズズズーーー。

店内中に大きな音が響いた。

「ちょっと、音が大きいよ。もっと静かに食べてよ」

アリサに窘《たしな》められても、いかにも美味しそうにライスヌードルをすする。

ズズ、ズズズー。

母親が注意するのも頷《うなず》けるほど、信太郎の立てる音は大きかった。

人の目を気にしない、我が道を行くタイプなのか？

隆一はやけに、信太郎の態度が印象に残ってしまった。

デザートは、マシュマロや果物をチョコに浸すチョコレートフォンデュ。

溶かしたチョコレートが噴水のように流れ落ちる専用機械は、室田のアイデアでレンタルしたものだ。

「あれは子どもの夢よ。絶対によろこぶと思う」

入院する前に室田が断言した通り、幼い子どもたちがフォンデュ台に群がっていた。誰もが瞳《ひとみ》を輝かせて、串《くし》に刺さった具材をチョコに浸している。

「あのさあ、そんなに食べきれないんじゃないの？」

空人があきれ顔で台の横に佇《たたず》んでいる。一人の男児が小さな両手いっぱいに、何本ものバナナやイチゴ、マシュマロの串を握りしめていたからだ。

「だってだって、やってみたいんだよ」

「ほら、こっち来な」

フォンデュ台に手が届かない男児を、空人が抱き上げてやった。男児はうれしそうに串をチョコにくぐらせている。そのチョコまみれになった串を、皿によそってあげたのも空人だった。

「空人くん、ありがとー」

「チョコで汚さないようにね」

甘えん坊風の空人だが、面倒見は良いようでほほ笑ましい。

男児はチョコのタップリかかったバナナを、幸せそうな顔で口に入れた。

「美味しい！　サイコー！」

「あーもう、汚してるじゃん」

アゴについたチョコを、空人がティッシュで拭《ぬぐ》う。

他の子どもたちも、口元をチョコまみれにして笑っている。

――室田さん。子どもたちがみんなキラキラしてます。よろこんでますよ。

入院中の彼に向かって、隆一は密《ひそ》かにささやいた。

「さあ、お兄さんとトランプしたい人、いるかなー？」

食事を終えた子どもたちに、陽介が声をかけた。

「はーい！」

信太郎と空人以外の幼い子たちが、元気よく手を上げる。

「じゃあ、あっちのお空が見える席で遊ぼうか」

いそいそと陽介が子どもたちを連れ、テラス席に移動していく。欠伸《あくび》をし始めた子がいたため、自ら子守りを買って出たようだった。

残った信太郎はスマホを取り出し、イヤホンで何かを聞き始めている。

空人もスマホを取り出し、ゲームに興じていた。

そんな少年たちにはお構いなしに、ママ友同士のおしゃべりは続く。

「そういえば聞いた？　大阪校に有名女優の息子が入ったって」

「知ってる。父親がドラマのプロデューサーなんだってね」

「だから特別待遇らしいよ」

「いかにもドラ息子って感じのダサイ子なんでしょ」

「やっぱりコネには勝てないわよねえ」

噂話で盛り上がる中、信太郎は目を閉じてイヤホンに集中している。

空いた皿を下げに行った隆一の前で、まだあどけなさを残す信太郎の唇が、小さく動いた。

「――また、夢になる……」

また夢になる？

夢になるって、なんのことだ？　アイドルになる夢か？

後ろ髪を引かれた隆一だが、それ以上、信太郎を見ているのは不自然だと思い、その場から離れた。


「ねえ、ちょっと聞いてもらっていい？」

宴もたけなわになった頃、結衣がママ友たちに向かって大声を発した。

一同が彼女に注目する。

「実はね、昨日の公開オーディションで妙なものを見ちゃったんだ」

ずっとそばに置いてあったスマホを取り、画像を見せる。ママ友全員が結衣の周囲に集まり、スマホを覗《のぞ》き込んだ。

「なにこれ？」「ちょっと気味が悪いわね」「結衣さん、これどこで見たの？」

「男性トイレ。オーディション終わりで駆け込んだら、間違えて入っちゃったの。そしたら、変なメモが床に落ちてたのよ。男の人たちが入ってきたから、あわてて個室に隠れたんだけど、その前に写真だけ撮っといたんだ。めっちゃ気になる内容だったから」

結衣いわく、男たちはオーディションのスタッフで、会話が聞こえたそうだ。

（やば、落としたやつがいる。あぶねえな）

（まあ、クリーニングだから誰も読めないでしょ）

彼らが去って結衣が個室から出ると、メモはなくなっていたという。

「クリーニング？　なにそれ？」

首を傾げるママ友たち。

「誰も読めないように書かれたメモ。暗号だと思う。昨日のオーディションに関係してるような気がするんだよね。アリサさんにはすぐ見せたんだけど、どうしても意味が分かんなくて」

「そうなの。誰か分かる人いないかな？」

アリサが大声で問いかけるが、誰も答えられない。

「じゃあ、ここのスタッフさんにも見てもらおうか」

思いついたようにアリサが言い、「いいよ」と結衣が同意したので、フロアにいた隆一と正輝、伊勢も画像を見ることになった。

そのメモには、三つの文字列がペン字で書き込まれていた。

ミトウシキショウシ＋５３０１
シオミオミミサカシ＋１８５２
シカシナミガミワシ＋３０９５

「――ヒントはクリーニングか」

伊勢がつぶやき、正輝は「これだけでは推測しかねますね」と素直に意見を述べる。

隆一にはなんのことやらさっぱり分からない。

「ちなみに、どんなオーディションだったんですか？」

正輝に尋ねられ、「見てもらったほうが早いから」と、結衣が動画を再生した。昨日の夜に配信されたというネット番組。ＢＤＦ新メンバーを決める公開オーディションの模様だ。

オープニングでBDFのヒット曲が流れ、ファンの歓声が響き渡る。六人のメンバーが、流行《はや》りのステップを取り入れたダンスを躍動感タップリに踊る。メインボーカルを務めるメンバーは、整った容姿と美しいハイトーンボイスの持ち主だ。

続いて、最終候補に残った三人の少年が、歌とダンス、特技を披露する。

トップを飾ったのは信太郎だった。

うわ、カッケー、と思わずうなる隆一。

歌はまあまあだったが、信太郎のダンスはキレキレだった。

ひとつひとつの動きに無駄がなく、ダイナミックでスピーディー。しかも、表現が驚くほど豊かだ。長い手足と豊かな表情で、自分の世界を創り上げている。曲の抑揚に合わせて、余裕の笑みを見せたり、遠くを鋭く睨《にら》んだり。かなり場慣れしているようである。

最後のポーズを決めたあと、隆一は「すごい」と拍手を送った。

まだ中学二年生なのに、ゾクッとするほど信太郎はセクシーだった。

しかも彼が特技として選んだのは、なんと日舞。

着物に着替え、三味線の音に合わせて扇子を手にゆったりと舞う信太郎は、先ほどとは別人のように静かである。

動のあとに静。ギャップがハンパない。狙いなのか天然なのか分からないが、信太郎が特技として打ち出してきた日舞は、かなりのインパクトだった。

「以上、東京出身の伏見信太郎くんでしたー。会場の皆さん、ネットの生配信をご覧の皆さん、信太郎くんがいいと思ったら、スマホ画面の投票ボタンを押してくださいね。皆さんのポイントと審査員の審議によって、新メンバーが決まります！」

司会を務める男性タレントが声高にアナウンスする。

なるほど、視聴者参加型のオーディションだったのか。まあ、参加型を謳《うた》っても、審査員次第でどうにでも操作できそうだけど。

どうしても隆一は、穿《うが》った見方をしてしまう。過去の経験上だ。いわゆるヤラセ、出来レースのオーディションを、何度も見たことがあった。

「さあ、続いては神奈川出身の川崎空人くんです！」

二番手の空人は、びっくりするほど歌が上手《うま》い。ゴスペル風のファルセットも取り入れ、ＢＤＦの代表的バラードを歌い上げる。感情の込め方が秀逸で、聴いていて鳥肌が立つ場面も多々あった。

ダンスもなかなかのもの。小柄な肢体をフルに動かし、リズミカルなダンスで見る者を魅了する。キメの笑顔が非常に愛らしい。

そして、特技としてやってみせたのはロックギター。エモーショナルなリフをつま弾く空人の腕前は、これまたプロ級である。音感がずば抜けているのだろう。

隆一は、すぐそばにいる二人の少年が、どれほど秀でた才能の持ち主なのか、存分に思い知らされた。

三人目として登場したのは、大阪出身の山田《やまだ》元気《げんき》。

歌とダンスは空人や信太郎より拙《つたな》い感じがしたが、特技で披露した手品が圧巻だった。しかも、関西なまりのトークが面白い。

「こんなん、出ちゃいましたわ」と、何もなかったはずのキャップからハトを何羽も取り出したときは、スタジオ中が喝采《かっさい》に包まれていた。

元気はとにかく、タレント性抜群の少年だった。

「さあ、投票ボタンを押してください。あなたの一票で、BDFの新メンバーが決定します！」

司会者がカメラ目線で断言し、ネット動画が終了した。

「これで暗号の謎は解けましたね」

動画を見終えるや否や、伊勢が言った。

ええ？　と驚く一同。隆一も同様である。

「『クリーニングだから誰も読めない』。スタッフのかたはそう言ったんですよね？」

「ええ」

「もう一度、暗号の画像を見せてもらえますか？」

頷《うなず》いた結衣がスマホを伊勢に向ける。

「おそらく、クリーニングは〝シミ抜き〟を意味していると思われます。ほら、カタカナに〝シ〟と〝ミ〟の字が多く交じっている」

伊勢は画像を指差した。

「初めは『ミトウシキショウシ＋５３０１』。ここからシとミの字を抜くと……『トウキョウ＋５３０１』になりますね」

「トウキョウ？」と結衣が怪訝《けげん》そうな顔をする。

「なるほど、地名だったんですね」

正輝が興味深く画像を覗《のぞ》き込み、テキパキと文字を読み上げた。

「ほかの文字からもシミを抜くと、『シオミオミミサカシ＋１８５２』は『オオサカ＋１８５２』、『シカシナミガミワシ＋３０９５』は『カナガワ＋３０９５』になります」

「東京＋５３０１、大阪＋１８５２、神奈川＋３０９５。まるで出身地みたいだね。東京の信太郎、大阪の元気くん、神奈川の空人くん」

アリサがそう言った途端、ママ友たちが声を上げた。

「もしかして、投票結果なんじゃない？」

「東京が５３０１ってことは、一番高い数字よねえ」

「東京出身！　じゃあ、信太郎くんが一位？」

全員の視線がアリサと信太郎に向けられたが、信太郎は相変わらずイヤホンに夢中だ。

「うちの信太郎が新メンバーになっちゃったりして？　まっさかー」と謙遜《けんそん》しながらも、アリサは愉快そうである。

「そんなのヤダ！」

いきなり空人が叫んだ。母の結衣は顔を引きつらせている。

確かに、地名と数字だけで考えたら、５３０１の東京が一位。３０９５の神奈川が二位、大阪は１８５２で三位となる。

つまり、信太郎、空人、元気の順番だ。

「いや、これはあくまでも推測です。事実がどうかは分かりませんから」

伊勢が早口でフォローした。珍しくあわてているようだ。

確かに、推測の域は出ない。たとえ本当に得点だったとしても、審査員次第で結果はどうにでもなる。だが、これが暗号化された文字なのだとしたら、かなり重要な情報だとも考えられる。

――この順位、ガチなのか？

隆一の思考を遮るかのように、アリサのスマホが鳴った。

「あ、劇団からだ。ちょっと失礼」

スマホを耳に当てたアリサを、その場の誰もが見守っている。

「はい、お世話になってます。……えっ？　信太郎が？　本当ですか？　あ、ありがとうございます！　はい、もちろんです。スケジュールは空けておきます。……詳しくはメールでいただけるんですね。分かりました。本当にありがとうございます。本人に伝えますね」

ゆっくりとスマホを置いたアリサが、信太郎の肩を叩《たた》く。

そして、イヤホンを外した息子に、静かに告げた。

「信太郎、メンバーに選ばれたって」

アリサの瞳《ひとみ》が歓喜に溢《あふ》れている。今にも笑い出しそうだ。

結衣の前でもあるし、隠そうとしているのだろうが、隠し切れるはずがない。

「おめでとう！」

「信太郎くん、すごい！」

「よかったねえ、アリサさん」

「ホントすごい。スター誕生だ！」

興奮して騒ぎ出すママ友たち。

一方、結衣は悔しそうにアリサと信太郎を睨《にら》んでいる。

「……ママ、ボクが落ちたってこと？」

空人が顔を歪《ゆが》めて涙ぐむ。

「まだ分かんないから。こっちにも結果の連絡が来るはずなの。ちょっと待ってよう。まだ可能性が消えたわけじゃないから」

息子の肩を抱いた結衣が、必死で慰めている。

最悪だ、と隆一は思った。

祝賀会と残念会を同時に行う、残酷な宴《うたげ》と化してしまうのか……。

ところが、思いもよらぬ展開が待ち受けていた。

いきなり立ち上がった信太郎が、大声で叫んだのだ。

「僕、アイドルになんてなりたくない！」

瞬時に、その場が凍りついた。

まるで、時間が止まってしまったかのように——。


「なんてこと言うの！」

驚くアリサも立ち上がり、時間が流れ出す。

「イヤなものはヤだ！　やりたくないよ！」

「なんのために頑張ってきたの？　お母さんだってあんたのためにどれだけ……」

「それは母さんの勝手だろ」

「ちょっと信太郎、いい加減にしなさいよ！」

「いい加減で言ってんじゃない。本気でやりたくないんだ」

「今さらそんなこと許されないから。どんだけ迷惑になるのか、あんただって分かってるでしょ？」

「まさか選ばれるなんて思ってなかったんだよ！」

「ふざけないで！」

「ふざけてないって！　ちょっと話を聞いて。頼むから。みんなの前だし」

みんなの前、と息子に言われ、アリサが周囲を見てから口を結ぶ。急に我に返ったようだ。

「僕、昨日のオーディションで分かったんだ」

「なにが」

「向いてないってこと。お客さんの視線が辛《つら》かった。スタジオにいたくないと思っちゃった。……歌もダンスも好きだけど、僕はアイドルには向いてないんだよ」

信太郎があまりにも真剣だったので、アリサも言葉を失っていた。

「頼むよ、母さん。僕には無理だって。ホントは分かってくれてるんでしょ？」

母親を諭すように信太郎が言う。

いつの間にかフロアに戻っていた陽介と子どもたちも、何事かと目を見張っている。

「僕がやりたいのはアイドルじゃない。お願いだから分かってよ」

「ちょっと信太郎くん、ずいぶんなこと言ってくれるわね」

眉《まゆ》を吊《つ》り上げた結衣が、話に割り込んできた。

「アイドルになりたくない？　向いてないから辞退する？　なに甘えたこと言ってんのよ。だったらオーディションなんて受けなきゃよかったじゃない！」

「そうだよ！」

空人が声を震わせ、大きな目から涙を落とす。

「オマエがいなきゃ、ボクが選ばれたかもしれないのに……」

黙りこくっていたママ友たちが、密《ひそ》やかに話し出す。

「なんなのコレ」「信太郎くん酷《ひど》くない？」「ちょっと酷いね」「空人くんがかわいそう」「ホント、最初から出なきゃいいのに」「迷惑よね……」

彼女たちの視線の先で、アリサと結衣が睨み合っている。信太郎は硬い表情でうつむき、空人が声を上げて泣き出した。

それはまさに修羅場だった。もう、収拾がつきそうにない。

隆一と正輝は、何もできずに立ちすくむ。伊勢さえも、黙ったまま様子を窺《うかが》っている。

永遠とも感じた数秒が過ぎ、はあ、とアリサが大きく息をついた。

「分かった。辞退しよう。信太郎、本当にそれでいいのね？」

「……うん」と信太郎が頷《うなず》く。

「外で電話してくる」

スマホを持ったアリサが店から出ていった。

その途端、信太郎はまたイヤホンで何かを聴き始める。外野をシャットアウトするかのごとく、真剣な表情で。

「みなさーん。大変申し訳ないのですが、間もなくお時間になります。お料理、お下げしてよろしいですか？」

陽介の明るい声が響いた。

屈託のない陽介の存在が、いつも以上に有難かった。

「もうちょっとフォンデュ食べる」「僕も」「アタシもー」

子どもたちが再びチョコレートフォンデュ台に殺到する。他の子に構っている余裕を失った空人の代わりに、陽介が「はいはい、仲良くチョコつけてねー」と世話を焼き始めた。

ママ友たちも子どもたちに意識を向け始め、場に漂っていた緊張感は消え去った。

「何かお飲みになりませんか?」と、伊勢が椅子に座った結衣に話しかける。

「たとえば、ホットチョコレート。カカオがもたらすエンドルフィンが、脳を癒《いや》してくれますよ」

ホットチョコレートは、伊勢の好きなエルキュール・ポアロの好物でもある。

「結構です。もう帰りますから」

硬い表情のまま、結衣が答えた。その横にいる空人は、ハンカチを目元に当てて鼻をすすっている。

「承知しました」

丁寧に一礼した伊勢が厨房《ちゅうぼう》に向かう。

隆一と正輝はブッフェ台に行き、空いている大皿の片付けに入った。

ほどなく、アリサが戻ってきた。

フロアの中央に立ち、一同に向かって残念そうに言う。

「断ってきた。二位の子が繰り上げで新メンバーになるんだって。誰が二位なのかは教えてもらえなかったけど」

えー？　とママ友たちがざわめき出す。

メモが正しいなら、二位は空人だ。

結衣と空人が、期待に満ちた目でアリサを見る。信太郎はイヤホンをしたまま下を向いている。

すると、誰かのスマホがけたたましく鳴った。

「あっ、劇団からだ」

結衣が急いで電話に出る。

「はい、川崎です。……はい、はい。……え？　空人が新メンバーに？　ありがとうございます！」

その瞬間、空人がその場でジャンプをして絶叫した。

「やったあぁぁぁぁぁ――――！」

おめでとう！　と、今度は空人を祝福するママ友たち。空人くん！　と子どもたちも集まってくる。

イヤホンを外した信太郎が、「おめでとう、空人」と小声で言ったが、「よーし、帰ったらライブの練習だー！」とはしゃぐ空人の耳には届かなかったようだ。

致し方ない。空人は今、地獄から天国へワープしたような気持ちなのだろうから。

「先に帰るね。お会計はしてあるから」とアリサが一同に告げ、結衣と向き合った。

「メモの通り、空人くんが二位だったのね。おめでとう」

「ありがとう。二位でも勝ったのはうちの子だから」

言い返した結衣と、アリサが見つめ合う。

やがて、「……そうね。その通りだわ。本当におめでとう」と言い残し、アリサは素早く身支度を整えた。

「信太郎、行くわよ」

無言で信太郎が立ち上がる。

「アリサさん、ありがとうございました！」

フォンデュ台の前から陽介が声を張り上げた。台に手が届かない男児を抱いていたのだ。カウンター内で洗い物をしていた正輝もアリサに礼を述べたが、アリサは軽く頷いただけで歩み去る。

「ご馳走《ちそう》さまでした」

誰にともなく深々とお辞儀をした信太郎が、急いで母親に続く。

隆一は、二人を送るためにあとを追った。

エレベーターホールの前でも、母と子は押し黙ったままだった。

「ありがとうございました。よかったら、また来てくださいね」

精一杯愛想を込めて言う。

アリサはニコリともせずに「ええ」と答える。

不機嫌な自分を隠そうとしない、よく言えば正直な人なんだろうな。

とは思いつつも、隆一は早くエレベーターの扉が閉まってほしいと願わずにはいられない。

――やっとそのときが来た。扉がゆっくりと閉まっていく。

だが、頭を下げていた隆一の耳に、信太郎の意外な発言が飛び込んできた。

「母さん、ごめん。……空人に譲った」

えっ？

隆一の声は、厚い扉に遮られて消え去った。

空人に譲った？　譲ったってどういう意味だ？

信太郎はアイドルになりたくなかったんじゃないのか？

混乱したまま、しばらく扉を見つめ続けた。

ママ友会が終わり、通常営業に戻すべく仕事に取りかかる。

テーブルをセッティングしながら、陽介がつぶやいた。

「まさか、オーディションで選ばれたのに、アイドルがイヤだったなんてなあ」

もちろん信太郎のことだ。

「アリサさんが息子をアイドルにしたかっただけで、信太郎くんの意思じゃなかったんだろうな。なんか辛《つら》いなあ……」

すると正輝が強い口調で言った。

「親が押し付けた未来なんて、子どもを縛りつけるだけだ。彼はそこから解放されてよかったんじゃないか」

開業医の息子なのに医大をドロップアウトし、父親から勘当された正輝の、実感がこもったひと言だった。

隆一はたまらずに口を挟む。

「信太郎くんはわざと、空人くんに新メンバーの座を譲ったんですよ」

エレベーター前で聞いた言葉を二人に伝える。

「……わざと譲った？　なんで？」

陽介が素朴な疑問を口にした。

「アイドルになりたくなかったのではなく、その気はあったのに遠慮した、ってことか？」

正輝も腕を組んで思案する。

「そんな感じもしますよね。実は僕、聞いちゃったんです。信太郎くん、イヤホンを聴きながら言ったんですよ。『また夢になる』って。普通に考えたら〝夢があるのに、またしても叶《かな》わない〟って意味ですよね」

「あー、もしかして」

陽介が人差し指をグルグルと回した。

「ダンスミュージックを聴いてたみたいだから、アイドルじゃなくてダンサー志望だったのかな？」

「ダンスも超ウマかったです。あ、日舞も」

「へ？　日舞？」

子どもたちをテラスで遊ばせていたため、オーディション動画を見ていなかった陽介に、隆一は、信太郎が特技として日舞を披露したことを伝えた。

「……じゃあ、日舞の踊り手になりたかったとか？」

「陽介、その方向かもしれないぞ。信太郎くんはエンターテイナーになりたかった。だが、それはアイドルというジャンルに合致するものではなかった。だから、純粋にアイドルを目指していた仲間にアイドルの座を譲った。どうだ？」

「いいと思います。そう考えると腑《ふ》に落ちますよね」

二人の会話を聞きながら、隆一は妙に印象に残った信太郎の言動を、今一度思い返していた。

ずっと手放さなかったスマホとイヤホン。特技は日舞。ズズズと音を立てて食べていたフォー。そして、イヤホンをした彼が目を閉じて発した言葉。

――また夢になる……。

そのとき、頭の中で何かが弾《はじ》けた。

「分かった！」

「どうした隆一？」

「なにが分かったの？」

正輝と陽介が目を見開く。

「信太郎くんは、音楽を聴いてたんじゃないと思います」

なぜそう考えたのか、隆一は興奮気味に推理を語った。

「落語を聞いてたんです。信太郎くんはきっと、落語家になりたかったんですよ！」

「『また夢になる……』。彼はそう言いました。でも、そのあとに続く言葉があったとしたら、意味合いが変わってきます。たとえば、『といけねえ』です。この二つをつなげると、『また夢になるといけねえ』になる。古典落語の演目『芝浜《しばはま》』のオチです」

酒飲みで怠け者の魚屋が、浜で大金入りの財布を拾い、浮かれて大酒を飲んだために思わぬ展開になっていく『芝浜』は、「また夢になるといけねえ」のセリフでオチる人情噺《ばなし》である。

かつて芝居をやっていた隆一には、少しだけ落語の知識があった。

「落語家になる人は、所作の勉強で日舞を学ぶことが多いんです。信太郎くんの特技は日舞でしたよね。それだけじゃない。彼はフォーをお代わりして、派手に音を立ててヌードルをすすってました。すする音で思い出したのが落語の『時そば』です。これは、蕎麦《そば》の屋台が舞台となる演目。落語家は、閉じた扇子を箸《はし》に見立てて、ズズズと蕎麦をすする音を立てます」

信太郎は、母親のアリサに注意されるほど、大きな音でライスヌードルをすすっていたのだ。まるで、落語家の扇子のように箸を動かしながら。

「また夢になる、のつぶやき。特技の日舞。大きなすする音。この三つが示すのは、落語以外にない気がしませんか？」

一気にしゃべったため、息が切れそうになった。

「……そう言われると、確かに落語が浮かんでくるな」

正輝に言われて、自分の推理への自信が深まった。

「スゲー。隆一、ガチで芝居の勉強してたんだな」

陽介も感心している。

「話をするのはいいけど、仕事の手は止めないようにな」

後方から伊勢の声がした。

「伊勢さん、信太郎くんは落語を聞いてた気がするんです。どう思います？」

日常のささやかな謎を解くのは、伊勢の得意分野だ。きっと正解を導き出してくれる。

期待に満ちて伊勢を見上げた隆一に、伊勢が鋭い視線を注いだ。

「そうかもしれないし、そうじゃないかもしれない。本人に確認しない限り、真相は分からない。そもそも、お客様の事情に深入りするべきではないと思う」

冷静な言葉に、興奮が急速に冷めていく。

「……そうですよね。すみませんでした」

意気消沈した隆一を見て、伊勢は目元をふわりと和らげた。

「今日は大変だったな。重さんのいない中、みんなよくやってくれた。感謝してるよ」

真摯《しんし》に礼を述べられ、三人は姿勢を改める。

「俺はカクテルで失敗しそうになりました。もっと勉強します。室田さんの顔をつぶさないようにしないと」

「ありがとう、正輝」

「室田さんが考えたチョコレートフォンデュ、子どもたちに大好評でしたね」

興奮の波が引いたあと、隆一の胸にじわりと湧いてきたのは、室田がレンタルしておいたフォンデュ台のことだった。

もしかして室田さんも、娘の美羽をチョコレートフォンデュでよろこばせたことがあったのかな……。

「あの子たち、めっちゃよろこんでたなー。オレも世話するのが楽しかったです」

「相手が誰でも一緒に楽しめるタイプだからな。陽介は」

「ですね。正輝さんと違って」

「ナニ？」

「すみませーん」

陽介と正輝のいつものやり取りが、場の空気を緩和させる。

「フォンデュのこと、あとで重さんに報告しないとな」

とてもやさしく、伊勢がほほ笑む。

「ここからは通常営業だ。最後まで頼むな」

「ウィ！」と三人は声を揃えた。

　このとき、隆一は知る由もなかった。

信太郎の謎について決定的な情報を握る人物が、三軒亭に現れることを。


「おお、隆一。久しぶりだな。席、空いてる？」

予約なしで訪れたのは、隆一の役者時代の先輩、相良南《さがらみなみ》だった。

舞台を中心に活動中の若手イケメン俳優。実家が大手不動産会社を経営しているお坊ちゃま。ワイン通でスタイリッシュで、ときに辛辣《しんらつ》な言葉を吐き出すこともあるが、素顔は繊細な情熱家だ。

「南さん、今夜はお一人ですか？」

「そう。たまには孤独のグルメも悪くないなと思って」

「カウンターならご案内できますが」

「いいよ、カウンターで。どうせ隆一は相手してくれないんだろ？　俺が指名しても」

「いえ、今は指名制を中止してるんです。僕が給仕しますよ。ほかのテーブルもあるので、つきっ切りは無理なんですけど」

「あ、そう。別につきっ切りなんて求めてないから。室田さんとも話したいし。あの人の酒の知識、ハンパないよな。飽きないよ」

　ご機嫌な様子の南に、隆一は小声で告げた。

「すみません、室田は今、お休みをいただいてるんです」

「今って？　いつまで休みなの？」

「それが、体調を崩しているんです。復帰がいつになるのか、はっきりとは分からなくて……」

　もしかしたら、声に悲壮感が滲《にじ》んでしまったかもしれない。

　南はしばらく隆一を見つめてから、白い歯をくっきりと覗《のぞ》かせた。

「そうか。だったらいいよ。静かに一人で飲ませてもらうから」

　相手を勇気づけるような、温かくて力強い笑顔だった。

「かしこまりました。いつもありがとうございます」

　感謝を込めて頭を下げ、南をカウンター席に案内した。

　そこにいて当然だった人が中にいない、バーカウンターへ。

「いらっしゃいませ、相良様。お飲み物はどうされますか？」

　ギャルソンとソムリエを兼ねている正輝が、フロアから急ぎ足でやって来た。

「あれ、正輝くんがソムリエ役なの？　室田さんの代役？」

「そうなんです。正輝さん、前からお酒の勉強してたんですよ。ソムリエ・デビューしたんです」

「まだ不勉強なのですが、よろしくお願いいたします」

「へええ」

愉快そうな南。隆一の胸に不安がよぎる。

室田も感心するほど酒に詳しい南と、代役でこの場にいる正輝が、ワインについて対等に話せるのだろうか……？

「じゃあ、ビンテージ・シャンパンをデキャンタージュしてもらおうかな。シャンパンをデキャンタージュするの、仲間内で流行《はや》ってるんだよね。銘柄は……サロンがいいんだけど」

来た。サロン。

この店にあるわけがない、最高級のプレステージ・シャンパン。

南はそれが分かっていて、わざと言ったのだろう。

「……申し訳ありません。当店はサロンのご用意がございません」

「だよな。知ってる。じゃ、何かオススメある？　シャンパンじゃなくてもいい」

「そうですね……」

しばらく考えたのち、正輝は言った。

「ビンテージのリューセックがございます」

「え？　シャトー・リューセックといえばソーテルヌ（貴腐ワイン）だよね？　いきなり甘いデザートワインをすすめるわけ？」

南が挑発的な眼差《まなざ》しで正輝を見つめる。

心配してしまった隆一は、その場から離れられずにいた。

しかし、正輝は決して怯《ひる》まず、「いえ、辛口のエール・ド・リューセックでございます。室田が好きな銘柄でして」と堂々と言い切った。

「なるほど、エール・ド・リューセックか。ビンテージは？」

興味を引かれたのか、南が身を前に乗り出した。

「一九九〇年です」

「面白い。それをもらおう。デキャンタージュでね」

「かしこまりました」

正輝がワインセラーへと向かう。

緊迫感満載のやり取りが終了し、隆一は小さくため息をつく。

「料理は軽いものでいい。伊勢さんに任せる」と言われたので、厨房《ちゅうぼう》の伊勢に伝えに行った。これで一件落着だ、と思いながら。

――ところが、思いもよらぬハプニングが起こってしまった。

隆一がアミューズの〝トロかつおのタルタル・海ぶどう添え〟を運ぶと、セラーから戻っていた正輝が、ボトルの白ワインを大きなデキャンタグラスに注《つ》いでいた。

このデキャンタージュは、主にワインに空気を含めて香りを際立たせるために行う。長い年月寝かせ続けたビンテージものは、封を切ってすぐグラスに注《そそ》ぐより、別の容器に移して注いだほうが空気を含んで香りが開くのである。

デキャンタグラスの半分までワインを注《つ》いだところで、正輝が「あ」と小声を出して手を止めた。

「申し訳ございません。酒石酸が混ざってしまいました」

酒石酸とは、ワインの中に含まれる有機酸などによる結晶。ボトルから別の容器に移す過程で、飲むとザラつく酒石酸や澱《おり》を取り除くのも、デキャンタージュの目的のひとつであった。

つまり、正輝はソムリエとして失態を犯したことになる。

硬直したまま次の言葉を発せずにいる正輝。

しばらく沈黙していた南が、柔らかく口元を緩めた。

「いいよ。ワイングラスに注ぐとき、入れないようにしてくれればいい。チャレンジに失敗はつき物だ。俺は、失敗を恐れて何もやらないヤツより、キミのように挑むヤツが好きだ」

「……申し訳ありませんでした」

強張《こわば》ったまま礼をし、正輝はデキャンタージュを終えた。デキャンタの中身をワイングラスに注ぎ、南の前に置く。

「ありがとう。もういいよ。隆一と二人で話したいから」

「デキャンタは冷やしておきましょうか？」

「いや、そのままでいい」

「かしこまりました」

一礼をしてから、正輝が立ち去った。

すかさず隆一も礼を述べる。

「南さん、ありがとうございます」

「デキャンタージュしてくれなんて、試すようなことしちゃって悪かったな。でも、もっと難しい客が来るかもしれないから、慣れておいても損じゃないかと思ってさ」

南はワインを飲み、「全然うまいじゃん」とつぶやいた。

そんな彼の厳しさの中にある思いやりに、隆一は感激していた。

「南さん」

「ん？」

「やっぱり、南さんっていい人ですよね」

はあ？　と呆《あき》れ顔をされた。

「隆一。オマエは相変わらずバカでピュアだな」

「ですね」

ふふ、と笑い合う。

かつては苦手だった南だが、距離が縮まった今は、何を言われてもまったく気にならない。

「で、僕と話したいことって？」

「特にない。そう言って正輝くんを解放しただけ」

「なんだ、やっぱりいい人じゃないですか」

南は照れたように目を逸《そ》らし、スマホを操作し始めた。

「隆一も解放してやる。ちょっと観たい動画があるから」

画面が目に入った。見覚えのある映像だ。

「もしかして、BDFオーディションですか？」

それは結衣のスマホで観た、ネット番組だった。

「そうそう。ちょっとだけ気になってて。俺が十歳若かったらチャレンジしてたかも、なんて思ってさ。頭だけ観たんだけど、知ってる顔がいて驚いたよ」

「知ってる顔？」

「そう。この子」

再びスマホを操作した南は、一人の少年がパフォーマンスしている映像をこちらに向けた。

「伏見信太郎」

「……信太郎くん」

思わず復唱してしまう。

「なに？　隆一も知ってんの？」

知ってます！　さっきまでここにいたんです！

などとはしゃぐわけにはいかない。お喋《しゃべ》りな従業員がいる店は、顧客から敬遠されてしまう。

「いや、僕もこの番組観たんです。三人ともすごい才能でしたよ」

「この信太郎って子は演技の才能もあるんだよ」

グラスを傾けてから、南が話を続けた。

「このあいだ、朝の連続ドラマのオーディションを受けたんだけどさ、ほんのちょい役の。この子も同じ会場にいたんだ」

なに？　と漏れそうになる声を抑えて、「信太郎くん、ドラマのオーディションも受けてたんですか？」とさりげなく尋ねる。

「そう。演技が上手《うま》いって噂になってて、今回の役は彼で決まりじゃないかって言われてるみたいなんだよね。アイドルにも挑戦してたなんて、ちょっと意外だったなあ。まあ、どっちの道でもこの子ならイケそうだけど」

要するに、どちらかは滑り止めだったってことか？　受験生のように。

「俺はドラマのオーディション、落ちそうだけどな」と笑い飛ばす南に、隆一は質問を投げかけた。

「この信太郎くん、どんな役を射止めそうなんですか？」

「主役の子ども時代。準主役」

「準主役？」

「難しい役だぞ。なにしろ天才落語家の話だからな」

その瞬間、信太郎に抱いていたすべての疑問が、ひとつの正解へと繫《つな》がった。

仕事を終え、田園都市線・梶《かじ》が谷《や》の自宅に帰った隆一は、二階の自室で姉の京子と語り合っていた。

京子と缶ビールを飲みながら一日の出来事を話すのは、もはや姉弟《きょうだい》の恒例行事だ。

隆一の和みのひとときであり、一日の終わりを実感できる瞬間でもある。

「——要するに信太郎くんは、俳優を目指してたんだね」

京子がグイっと豪快にビールを飲む。

洗いざらしの長い髪。すっぴん。縞々《しましま》のパジャマで、床に胡坐《あぐら》をかいている。颯爽《さっそう》としたキャビンアテンダント姿とのギャップがはなはだしい、色気より食い気のアラサー女子だ。

「そう。彼はイヤホンで『芝浜』を聞いていた。落語家になるためじゃなくて、落語家の役をやるためにね。ライスヌードルをすすってた理由も同じ。いわゆる役作りってやつ。そう考えると、全部が腑《ふ》に落ちるんだ」

「そんなシーンが台本にあるのかな？」

「あってもなくても、その役になり切るために努力する人はいるよ。むしろ、そのくらい入り込まないと、リアルな芝居はできないんじゃないかなあ」

隆一もビールで喉《のど》を潤す。

〝とりあえずビール〟とは、よく言ったものだ。仕事とプライベートの境界線を、苦み走った炭酸がくっきりと引き分けてくれる。

「だとしたらすごいよね。まだ役を射止めたか分からないわけでしょ？　なのにそこまで努力してるなんて」

「うん。ドラマの準主役が決まってたら、ほかのオーディションには出られないと思う。まだ確定していないなら、いろんなチャレンジができる」

ベッドの隅から腰を上げて、空いた缶をゴミ箱に入れた。

「アイドル、俳優、雑誌モデル。どれでも受かったらチャンスだもんね」

「特に、BDFと朝ドラはビッグチャンスだ」

「わたしだったら、先に受かったほうを選ぶかな。だって、人気アイドルユニットのメンバーだよ？　せっかく選ばれたのに蹴《け》るなんて、ホントすごい子だよね。ドラマに受かるか分かんないのに」

「落ちたときのことなんて、考えてないんだろうね。……きっと本気なんだ」


信太郎は本気で役者になりたかった。

母親の要望でアイドルオーディションを受けたが、メンバーに選ばれてしまうと、もう一つの可能性であるドラマ出演の夢は消えてしまう。朝の連続ドラマは、撮影も拘束時間も長いと聞いている。BDFのライブツアーと重なったら、中学生の信太郎が両方こなすのは困難だろう。

だから、怒る母親のアリサに想いの丈を打ち明けて、本当にアイドルになりたかった空人に、その座を譲った。

自分が朝ドラの準主役を射止めることを信じて。

彼は母親の望むアイドルの道ではなく、自らの意思で俳優になる道を選んだのだ。

まだ受かったわけではないのに、落語を聞き込んでいたくらい、蕎麦《そば》をすする練習をするくらい、その役に賭《か》けているのだ。

そんな彼が、ドラマのオーディションに落ちるとは思えない。

——それは、セミプロの役者だった隆一ならではのカンだった。

「ま、あくまでも僕の想像なんだけどね」

「だね。かなり真相に迫った気がするけど。ところでさ……」

急に京子が真面目な表情になった。

「室田さん、大丈夫かな？　お店も心配だよね」

「……うん」

もちろん不安はあるけど、今は結果オーライとなることを信じたい。

「何とかなると思う。正輝さんがソムリエの猛勉強をしてるんだ。カクテル作りの練習も。陽介さんと僕はサーブの練習」

「サーブって、鳥の丸焼きの取り分けとか？」

「それもだけど、今やってるのはクレープシュゼットの練習」

「クレープシュゼット！　ギャルソンが客の目の前でフランベするやつだ」

「うん。伊勢さんが定番デザートにしたいんだって」

小ぶりのフライパンにバターと砂糖、クレープを入れ、オレンジの果汁で温めた

〝クレープシュゼット〟。リキュールでフランベする際に立つ青い炎が、視覚による美《お》味《い》しさも演出してくれるデザートだ。

「めっちゃ難しそうじゃない。隆くんにできるの？」

「できないから練習してるんだよ。オレンジの皮剝《む》きが難しくてさ」

「オレンジの皮使うの？　本格的！」

隆一と陽介は、ゲストの前でオレンジの皮をらせん状に剝き、皮の上からリキュールを伝わらせてクレープにかけるという、難易度の高いパフォーマンスに挑戦しようとしていた。

「青い炎をまとったリキュールが、皮を伝ってクレープに流れ落ちるんだよね。見てるこっちは感動するだけなんだけど、やるのはめちゃくちゃ難しそう」

「正輝さんは上手なんだけどね。僕たちはまだまだで」

「あー、だからキッチンにオレンジがたくさんあったんだ。お父さん柑橘《かんきつ》系苦手だし、お母さんもわたしもそれほどオレンジ好きじゃないのに、なんでこんなに？　って思ったんだよね」

ズバリ指摘されてしまった。

「ちゃんと僕が食べるから」と小声で言った隆一を、京子がやさし気な目で見た。

「わたしも協力するよ。オレンジを使ってなんか作ろう。ケーキとかババロアとか。

今度の休みにやってみる。そーだ、室田さんのお見舞い用に作るのもいいよね。だから、じゃんじゃん皮剝いていいよ」

さー、なに作ろうかなあ、とスマホで検索を始めた京子を見ながら、隆一の胸は感謝でいっぱいになった。

それと同時に、先ほどまで話していた信太郎のことは、記憶の彼方《かなた》へと遠ざかっていった。


それから半月後。三軒亭のオープン前。

隆一がスタッフルームでギャルソンの制服に着替えていたら、ドアから入って来た陽介が興奮気味にスマホを掲げた。

「すごいよ！　信太郎くんのインタビューがネットにアップされてる。朝ドラの準主役に決まったんだって！」

「朝ドラ！」

ほぼ消えかけていた信太郎の記憶が、高波のごとく一気に押し寄せる。

「それってもしかして、落語家のドラマですか？」

「そう、『オチまで待てない』ってタイトルのドラマ。あの子、そのために落語を勉強してたみたいだね。アイドルを蹴って朝ドラに出る。マジすごいねえ」

「ちょっと見ていいですか？」

陽介からスマホを借り、ネットの動画を再生する。

白い壁をバックに、落ち着いた物腰で語る信太郎がいた。

「どうしても俳優になりたくて、いろんなオーディションを受けました。歌舞伎にも興味があったので、日舞も習ってたんです。この役に受かったときは、ああ、やっとやりたいことができるんだな、って思いました」

「役作りですか？　そうだな……役作りのためって思ったことはないんですけど、古典落語は何度も見て、見れないときは声だけ聞くようにしてました。『芝浜』と『時そば』は全部覚えちゃいました。五代目柳家小《やなぎやこ》さん師匠の落語を、よく参考にしてました」

「『芝浜』と『時そば』。隆一の推理、大当たりじゃん」

横にいる陽介が、うれしそうに言った。

「でも、日舞は落語のためにやってたわけじゃなかったみたいですね」

「いやいや、落語を当てたんだからすごいよ。アリサさん、よろこんでるだろうなあ。そうそう、アリサさんからまた予約があったんだ。結衣さんと来るって。信太郎くんと空人くんのお祝いでもするんじゃないかな。あの日はどうなるかと思ったけど、〝雨降って地固まる〟ってやつかもね」

「よかったですねえ」

大きく頷《うなず》きながらも、隆一は信太郎の動画から目が離せない。

ちょっとやってみせてもらえます？　と質問者の声がし、信太郎がその場に正座をした。たたんだ扇子を手にしている。

真っすぐ前を見た顔が、別人のように引き締まっている。かと思ったら、手慣れた噺家《はなしか》、としか言いようのない空気を瞬時に出し、滑らかに噺を始めた。

「蕎麦ってのは細くなきゃいけねえ。うどんじゃねえかって思うほど太いのもあるけどな、あんなもんは江戸っ子の食うもんじゃあねえ。やっぱり蕎麦は細いとこが値打ちだよ」

フー、フーと息を吹きかけて汁を冷ましてから、扇子を箸《はし》のように動かす。

ズズズーーーと派手に音を立てて蕎麦をすすり、もぐもぐと口を動かす。

湯気を立てるどんぶりや、すすっている蕎麦までも見えるかのような、見事な芸である。

「うん、コシが利いててうめえ蕎麦だ」

ありがとうございました、と質問者の声が入った途端、素に戻って小さく笑う。

ほのかにあどけなさを残した、清々《すがすが》しい笑顔。

きっと彼は、いい役者になるだろう。

ちなみに、南からも「朝ドラで役を射止めた」と連絡があったのだが、通行人Aと言っていいくらいの端役だったそうだ。セリフは「おい、見ろよ」だけ。

それでも、南がチャンスを摑《つか》んだことに変わりはないと、隆一は思っている。

※

その後も三軒亭は、闘病中の室田がいないまま営業が続いていた。

見舞いに行くたびに、前よりもやつれたように見えるのが気にかかったが、「大丈夫。病は気から来るし、気で治るものなのよ」と明るく言う室田を信じて、仕事にまい進してきた。

大黒柱の穴を埋めるのは簡単ではなかったが、なんとか乗り切っていたつもりだった。

しかし、想像を絶する困難が、隆一たちに降りかかろうとしていた。

3

Crêpe Suzette 〜クレープシュゼット〜

Bistro Sangen-tei

開店時間の午後六時になっても、一向に日差しが衰えない晩夏のある日。

スーツを着込んだ黒縁メガネの男性と、萌黄《もえぎ》色の着物を着た女性が来店した。

男性からは威厳が、女性からは品性を感じる。身なりや佇《たたず》まいから〝上流〟という言葉が浮かんでくる。

二人を出迎えた隆一は、緊張で身体中がガチガチになっていた。

「お待ちしておりました、藤野様。どうぞこちらへ」

その男女はなんと、正輝と絶縁状態にある彼の両親だった。


「来るらしいんだよ、うちの親が」

陰鬱《いんうつ》な表情の正輝から聞いたのは、一週間ほど前。閉店後のことだ。

「お袋とは連絡を取り合っててな。親父に内緒で教えてくれた。二人で予約したって」

「マジですかっ？　急になんで？」

着替えていた陽介は、驚きで脱いだシャツを落としてしまった。

「俺の様子を見にいきたいって、お袋が親父に頼み込んだらしい。……ったく、迷惑極まりない」

いかにも不快そうな正輝。彼の父親は開業医で、専門は外科。田園都市線・長津田《ながつた》駅の近くで中規模の総合病院を営んでいるそうだ。

その跡取り息子として期待されていた正輝だが、動物実験が耐えられずに医大を中退し、激怒した父親から家を追い出されたのである。

「今さら話すことなんてないけど、ソムリエはオレだけだからな。テーブルには行く。給仕は隆一に任せたい。あの人はチャラいタイプが嫌いなんだ」

「チャラいってオレのことですか？　ヒドいじゃないですか！」

陽介は憤慨していたが、結局、隆一が担当することになったのだ。

テーブルに着いた正輝の母・直穂子《なほこ》は、物珍しそうに店内を見回した。

「本棚にミステリー小説が並んでる。ほら、お父さんの好きな翻訳ものよ。居心地の良さそうなお店ねえ」

品の良い笑顔に着物がよく似合う直穂子。一方、細身で神経質そうな父の和之《かずゆき》は、ひと言も発さず厳しい表情を崩さずにいる。

一人息子に病院を継がせようとしていた和之。父の敷いたレールを逸《そ》れて、この店のギャルソンになった正輝。二人が顔を合わせるのは、実に三年ぶりだという。

——ああ、今日が無事に終わりますように……。

心で祈りつつ、隆一は正輝がドリンクメニューを持って現れるのを待っていた。

「いらっしゃいませ。お飲み物はいかがなさいますか？」

やっと正輝が登場した。完璧《かんぺき》なポーカーフェイスで両親に問いかける。直穂子がはち切れんばかりの笑顔で息子を見つめる。

「正輝。元気そうでよかった。ちょっと痩《や》せたんじゃない？」

「いえ、変わっておりません」

「やだ、もっと普通に話していいのよ。お母さん、ここに来るのがすごく楽しみだったの。まさか、正輝がソムリエをやってるなんてねえ。お父さん仕事終わりだから、今夜はお酒も飲めるし……」

「おい、静かにしてくれないか」

和之がキツい口調で言った。

「はいはい」

慣れているのか、直穂子はどこ吹く風である。

「食前酒はいらん。コースに合わせてワインを選んでくれ」

「かしこまりました」

姿勢を伸ばして正輝が去っていく。

息子と父から発せられていたのは、尋常ではない緊張感だった。

「当店はオーダーメイドとなっております。まずは、お好みの食材に印をつけていただけますか？」

額に滲《にじ》んだ汗を気取られないようにしながら、隆一がリサーチ用紙を差し出そうとしたら、「なんでも結構。苦手、アレルギーなし」と和之が答え、さらにこう続けた。

「君はゴッホを知ってるかね？」

「……えーと、画家のゴッホですか？」

「そう。フィンセント・ファン・ゴッホ」

「申し訳ありません、絵を拝見したことはありますが……」

「どの絵？」

黒縁メガネの奥から隆一を鋭く見る。

また額に汗が湧いてきた。質問の意図がさっぱり分からない。これは、下手を打つとドツボにハマるパターンだ。……とはいえ、正直に回答するしかない。

「『ひまわり』と『自画像』くらいは記憶にあります」

「……ああそう」

がっかりしたように和之が目を逸らす。

「いきなりごめんなさいね。うちの人、ゴッホが好きなんですよ。だから、ゴッホにちなんだ料理を出してほしいみたいで。そんなリクエスト、無理に決まってますよね？」

直穂子がおっとりと小首を傾げる。

「少々お待ちください。シェフに確認して参ります」

ゴッホにちなんだ料理。

そんな、特定の人物に絡めたオーダーをされるのは初めてだった。しかも、相手は正輝と絶縁状態にあった両親。落ち着いていられるわけがない。

心臓をバクバクさせながら厨房《ちゅうぼう》の伊勢に伝えると、「ゴッホだって？」と鋭く睨《にら》まれた。

そりゃそうだよ。無茶ぶりにもほどがある……。

と思ったのだが、少しの間があって伊勢が「分かった」ときっぱり言った。

「え？　大丈夫なんですか？」

「ゴッホなら多少の知識はある。なんとかしてみるから」

「ウィ、お伝えしてきます」

伊勢さん、さすがだなあ。いきなりゲストから振られた難題に応《こた》えられるなんて。いや、もしかしたら……。

隆一は思い出していた。伊勢の元恋人・マドカがイラストの勉強をしていたことを。伊勢はマドカと暮らしていたから、画家の知識があるのかもしれない。

厨房には、アミューズの〝ミニトマトの冷製ファルシー〟が用意されていた。ヘタの部分をカットして中身をくり抜いたミニトマトの中に、コンソメのジュレで固めた魚介類や夏野菜が入っている。

その季節感溢《あふ》れる一品をテーブルに運び、「ゴッホにちなんだお料理のコース、承りました」と告げると、直穂子が両手を合わせて「まあ、すごい。楽しみね」と和之を見た。和之も固く結んでいた口元を微《かす》かに緩める。

隆一の気持ちが、一気に軽くなった。後ろに控えていた正輝が、前に踏み出してワインボトルを掲げる。

「まずは、コート・デュ・ローヌのロゼをご用意いたしました」

「銘柄は？」

「……ええと、タ、タ……」

父親に尋ねられ、正輝が珍しく言葉に詰まる。

「聞こえない」

「すみません、タヴェルです」

やっと言えた。

「では、それがどんなワインなのか説明してくれないか」

すかさず和之が問いかけた。まるで息子を試すかのように。

「えー、こちらは南フランスのコート・ダジュールの上にある、コート・デュ・ローヌという街のワインで……」

「コート・デュ・ローヌは街の名じゃない。ワインの生産地」

「ああ、そうです。失礼しました」

正輝らしからぬ、初歩的すぎるミス。先ほどから様子がおかしい。

おそらく、父親の前で畏縮《いしゅく》しているのだろう。

「そのタヴェルはどんな味で、なぜこの料理に合わせたんだ？」

和之の質問は続く。

「ええと、ですね……」

硬直してしまった。次の言葉が出てこない。

「理由があるから選んだんだろう？」

「……甘すぎず辛すぎない豊潤なロゼなので、さっぱりとしたこちらのアミューズはもちろん、どんなお料理にも合うと思います」

感情を入れず、教科書でも読むように正輝が答える。

「お父さん、もういいでしょ。せっかく選んでくれたんだから。正輝、グラスに注いでくれる？」

直穂子があいだに入り、和之が口を閉じた。

「テイスティングされますか？」

和之が無言で頷《うなず》いたので、正輝が彼のワイングラスに少量だけワインを注ぐ。

香りを嗅《か》ぎ、ひと口含んだ和之は、テーブルにグラスを置いて低く言った。

「ブショネだ」

その途端、場が凍りついた。

ブショネとはコルク臭とも言われる、劣化したワインを表す用語。生産の過程やコルクの原材料である樹木の問題などで、不快な匂いが混ざってしまう場合が稀《まれ》にあるのだ。程度はさまざまで、明らかな不快臭もあれば、微妙なラインの香りもある。

「コルクを抜くときに確認しなかったのか？」

あくまでも静かに、和之が問いかける。

「もちろんいたしました。この程度なら大丈夫かと……」

「この程度だと？」

正輝の言葉《ことば》尻《じり》をとらえ、和之の眉《まゆ》が上がった。

「客を舐《な》めたような言い方をするんじゃない。だからお前は……」

「お父さん、食事中なんだから」

再び直穂子が仲裁に入り、「新しいの、持ってきてくれる？」と正輝に頼む。

和之はむっすりとしたままだ。

「大変失礼いたしました。すぐご用意します」

頭を下げて正輝が去っていく。

いきなりブショネとは、アンラッキーすぎる。せっかくゴッホにちなんだ料理で盛り上がるかと思っていたのに……。

どう取り繕えばいいのか分からず、隆一が立ちすくんでいると、直穂子がソフトな口調で言った。

「ブショネってお店のせいじゃないでしょ。たまたま当たっちゃっただけじゃない。気にしないで食事を楽しみましょうよ。このトマト、甘くて美味《おい》しいわねえ」

「ありがとうございます。すべて契約農家さんの有機野菜を使用しております」

隆一は笑みを崩さないように努めた。

「神坂隆一さん。正輝をよろしくお願いしますね」

胸元のネームプレートを見ながら、直穂子が会釈を寄越《よこ》す。

「あの、正輝さんは僕の大先輩で、尊敬するギャルソンなんです。独学でワインの勉強をしていて、急遽《きゅうきょ》お休みをいただくことになったスタッフの代理として、先月からソムリエをしています。差し出がましいかもしれませんが、それだけお伝えしたいと思いました」

本当に余計なお世話かもしれないが、言わずにはいられなかった。

「そうだったんですね。教えてくれてありがとう」

「稽古《けいこ》不足でも、客には関係ないからな」

直穂子からはやさしい声が、和之からは辛辣《しんらつ》な言葉が返ってきた。

厳しいな、とは思うが、確かに和之の言う通りである。

「ごめんなさい。うちの人、頑固者なの。気にしないでくださいね」

「いえ、こちらこそ失礼いたしました」

テーブルを離れると、新たなワインボトルを手に正輝が歩み寄ってきた。

とてもとても、険しい表情をしていた。

交換したワインは問題なかったようだったが、隆一はやや緊張しながら、伊勢が用意した前菜を和之と直穂子の前に置いた。

「〝ムール貝のサフランスープ・カプチーノ仕立て〟です」

紫がかった黒い貝殻の中に、ぷっくりと鎮座するオレンジ色の貝の身。フレンチでもお馴染《なじ》みのムール貝が、黄色いスープの上にたっぷりと盛られ、小さな黄色い花びらが振りかけられている。黄色い花びらは、丸い深皿の縁にも点々と並ぶ。伊勢がスープで湿らせて一枚一枚飾ったものだ。

それはまさに、ひまわりの花さながらの芸術的な装飾だった。

「ムール貝はゴッホの出生地・オランダでポピュラーな食材。オランダでは北海《ほっかい》で獲《と》れた貝を白ワイン蒸しにして、バケツのような容器に山盛りにして食べるそうです。今回は、サフラン風味のスープで仕上げました。フィンガーボール（指を洗う水の入った器）もご用意しましたので、よろしければお使いください」

「キレイねえ。美味しそう。スープが泡立ってる」

うっとりと直穂子がつぶやいた。

「ムール貝を煮たスープにサフランと生クリームを加え、泡立ててカプチーノ仕立てにしました。サフランの鮮やかな黄色と花びらは、ゴッホの『ひまわり』をイメージしております」

「この花びら、ひまわりじゃないわよね？」

「いえ、さすがにひまわりのご用意はできませんでした。食用の大菊です。お召し上がりにもなれます」

「素晴らしいわ……」と感嘆する直穂子。

何も言わずにいた和之が、銀製のスプーンでスープを味わった。

「……いい味だ。それに美しい」

「ありがとうございます」

心底ホッとした。

「ムール貝も最高に美味しいわよ。プリプリしてて」

小皿に貝殻を入れながら直穂子が言い、コート・デュ・ローヌのロゼをひと口飲んで「あ」と声を発した。

「お父さん、これ、南フランスのワインよね。南フランスと言えばアルル。ゴッホが創作の拠点にしてた場所よね。正輝、私たちがゴッホの料理って頼んだから、わざわざ南フランスのワインを選んでくれたんじゃないの？」

そうかもしれないと、隆一も思った。

和之の手が一瞬だけ止まったが、すぐに動かして「考えすぎだろう」とだけ言う。

眉間《みけん》にシワの寄った厳しい横顔。整った鼻の形が、正輝とそっくりだった。

続いて提供した料理は、〝ソフトシェルクラブの素揚げとジャガイモの塩ゆで　オランデーズソース添え〟。

ソフトシェルクラブは甲羅がやわらかいため、剝《む》かなくても食べられる脱皮直後のカニ。皿の上に、揚げたてのカニが仰向《あおむ》けで盛り付けられている。

隣に並んでいるのは、黄色みの強い小ぶりのジャガイモを半分にカットしたもの。

マヨネーズ状のソースが入った小さなカップと、カットライムも添えてある。

「アーモンドオイルで揚げたソフトシェルクラブです。ジャガイモは、栗のような風味と甘みのある品種〝インカのめざめ〟。シンプルに塩ゆでにしてあります。どちらも味付けしてありますが、お好みでライムやオランデーズソースでお召し上がりください。オランデーズソースは、バターとレモン、卵黄を乳化させたフランスのソースですが、〝オランダ風〟という意味があります」

隆一が伊勢からレクチャーされた通りに説明すると、和之が感極まったような声を出した。

「仰向けの蟹《かに》、茹《ゆ》でたジャガイモ……」

「どちらもゴッホの作品に登場する食材だと、シェフが申しておりました」

伊勢のアイデアを誇らしく思いながら答える。

和之は右中指でメガネの中央を押さえてから、皿の上を凝視した。メガネを中指で押さえる仕草は、正輝のクセでもある。

「これは『あおむけの蟹』という作品を表した料理だね。ゴッホは蟹の絵を多く残しているんだ。彼が影響を受けたとされている浮世絵師・葛飾北斎《かつしかほくさい》も蟹をモチーフにした作品が多い。だから、ゴッホは北斎の版画をヒントに蟹を描いたんじゃないかって言われてるんだよ」

皿を眺めながら、夢中で語り続ける。

「それからさっきのムール貝だけどね、『海老《えび》とムール貝』という作品もあるから、それを知っていて料理にしてくれたのかもしれないね。ジャガイモの塩ゆでは、『ジャガイモを食べる人々』に描かれている。農家の人々が粗末な食卓を囲んでいる絵だ。あれは貧しい農民の現実を難易度の高い構図で描き切った、ゴッホが三十代のときの傑作なんだ。派手さなど微塵《みじん》もなく色彩も暗いが、農民への愛情がこもっているんだよ。まだオランダにいた頃だね。そのあとフランスに移って浮世絵の影響を受けてから、『ひまわり』のような鮮やかな色合いを好むようになって……」

「お父さん、お料理が冷めちゃう」と、直穂子がうんざりしながら話を止めた。

「あ、ああ、そうだな」

ようやく料理に手をつけ、満足そうにロゼを飲む。正輝の選んだワインが気に入ったようで、和之は二杯目を飲んでいた。

興味のある分野だといきなり饒舌《じょうぜつ》になるところも、正輝と似ている。というか、正輝が父親に似たのだろう。

「蟹は香ばしくてやわらかくて、ジューシーな身がたっぷり詰まってる。ジャガイモは甘くてねっとりして、ソースがよく合う。しかも、ゴッホの作品を料理で再現してオランダ風のソースを添えるなんて、本当にすごいお店ねえ」

直穂子がカトラリーを皿に置いて話しかけてきた。

「おそれ入ります。オランデーズは、うちのシェフ・伊勢の得意なソースなんです。新鮮な卵を使い、アルザスの岩塩とカイエンペッパーで風味付けしております」

「伊勢さんにご挨拶《あいさつ》したいけど、お忙しいですよね？」

「いえ、お伝えいたします。ありがとうございます」

ほう、と密《ひそ》かに息を吐き出す。

ここまではなんとか事なきを得た。次はメイン料理と、それに合わせるワインだ。

伊勢さん、正輝さん、どうかお願いします！

給仕しかできない自分を歯がゆく感じながら、隆一はテーブルを離れたのだった。


伊勢がメインとして作り上げたのは、フランスでは〝ナヴァラン〟と呼ばれる仔羊《こひつじ》と野菜の煮込みだった。紺色のホーロー鍋《なべ》の中で、スプーンでも崩れるほどやわらかくなった仔羊のすね肉が、ニンジン、カブ、玉ねぎなどと共に煮込まれている。

鍋ごとワゴンで運び、テーブルの前につけて蓋《ふた》を開けると、湯気と共に香草と少しクセのある羊の香りがふわりと立ち込めた。

「仔羊と野菜を水だけで煮込んだフランスの家庭料理です。〝ナヴァラン〟という料理名は、フランス語でかぶを意味する〝ナヴェ〟が由来という説があるようですね。

仔羊はゴッホの好物だったと言われているそうですよ」

失敗などしないように、細心の注意をしながらふたつの皿に取り分ける。

「ねえ、お父さん、鍋に入れたままメインを出してくれるなんて、ラヴー亭みたいじゃない？」

「そうだな。ここのシェフがそこまで把握してるわけではないと思うが」

「ラヴー亭？」

それぞれの前に皿を置きながら、隆一はつい訊《き》き返してしまった。

「パリに近いオヴェール・シュル・オワーズという街にあるレストランだ。ゴッホは亡くなるまでの二か月間、その店の屋根裏部屋に住んで、何十枚もの絵を描き続けていた。いわば終焉《しゅうえん》の地だね」

和之が厳かに説明をする。

「私たちね、ラヴー亭に行ったことがあるの。ゴッホゆかりの品々や、近くにお墓まであってね。レストランのお料理も美味《おい》しくて。メイン料理は鍋ごとたっぷり出してくれるのよ。懐かしい。あれは新婚旅行だったのよね……」

そこに正輝がやってきた。赤ワインのボトルとグラスを運んできたのだ。

「正輝、今度は何を選んでくれたの？」

直穂子がうれしそうに一人息子を見る。

「このシンプルなお料理には、ブルゴーニュの赤が合うと思います。ブルゴーニュの赤は、軽やかで女性的だと言われておりまして、力強くて男性的なボルドーの赤とは対照的なワインです。生産地はシャンボール・ミュジニー。ブルゴーニュの中でも、特にエレガントな一本です。こちらでよろしいでしょうか？」

緊張がほぐれてきたのか、先ほどとは違って説明もスムーズだ。

しかし和之は正輝を横目で睨《にら》みながら、「シャンボール・ミュジニーね。そこの赤ワインがなぜ女性的でエレガントになるのか、簡単に説明してくれ」と細かく質問をした。

まるでソムリエの試験のようである。

「……ブドウ畑の土壌に関係しているかと」

「具体的に、どんな土壌で何が関係してるんだ？」

「……それは確か粘土質が…………あの、少々お待ちいただけますか」

暗い声で、正輝が言った。

「もー、お父さん」

「お前は黙ってろ。正輝、客を待たせてどうする気だ？　どこかで調べて答えるつもりなら結構。調べないと分からないなら、ソムリエを名乗るべきじゃないな」

黙りこくる正輝から目を離さない和之。おろおろするばかりの直穂子。

最悪だ。皿によそった伊勢の料理が、どんどん冷たくなっていく。

「失礼します！」

いきなり、横から陽介が入ってきた。

「自分がご説明します。シャンボール・ミュジニーの土壌は、ほかの土地より石灰質が多いそうです。石灰質が多い土はミネラルが豊富なので、原料となるブドウが繊細で軽やかになって、ワインも女性的になるんです。逆に粘土質の多い土壌のブドウだと、重厚で力強い男性的なワインになります」

「陽介さん、詳しい」

つい隆一が言うと、「室田さんの受け売り」とささやき、「失礼いたしました」と藤野夫婦に頭を下げて去っていった。

「……助け船が出てよかったな。テイスティングはいいから注《つ》いでくれ」

正輝を見ずに、和之が言った。

「承知しました」

グラスを置き、ボトルからグラスにワインを注ぐ。

肩に力が入ってるな、と隆一が思った瞬間、和之が「おい」と大声を出した。

「ラベルが汚れたぞ。ワインが垂れてる」

う、と怯《ひる》んだ正輝があわててボトルを確認した。

「し、失礼しました」

ポケットから布ナプキンを取り出し、ボトルを拭《ふ》く。

「ラベルを下に向けて注ぐと、こういうことが起きる。だから、プロは上か横にラベルを向ける。学ばなかったのか？」

「……勉強不足……です」

「え？　声が小さい」

正輝は何も答えず、口をへのカタチにしてワインを注ぐ。

「おい、声が小さいと言ってるだろう」

和之が声を荒らげた。

「勉強不足です。申し訳ありません」

「お父さん、もういいじゃない。ラベルの汚れくらい」

見かねた様子の直穂子に、「汚れくらいだと？」と和之が反応する。

「その小さなミスが大きなミスに繋《つな》がっていくんだよ。プロになりたいなら細やかな気づかいができないとダメなんだ。このままだとコイツは、ソムリエにもなれないぞ」

ソムリエに〝も〟なれない。

それは、医者になれなかった正輝に対する、痛烈な皮肉のように聞こえた。

「重ね重ね、失礼いたしました」

正輝は腰を深々と折り、空いていたグラスを手に素早くカウンターへと向かった。

「お父さん、言い方が厳しすぎる」

「いや、誰かが言わないとダメなんだよ」

「正輝があんなに頑張ってたのに」

「頑張ったのレベルが私とアイツは違うんだ！」

「またそんな言い方する。もううんざり」

「こっちこそうんざりだ。だいたいお前が甘やかすから正輝は……」

「また人のせいにするわけ？」

言い合いが始まってしまった。

居たたまれない気持ちになり、隆一はその場を立ち去った。

結局、藤野夫婦はメインと赤ワインには手をつけず、伊勢にも挨拶《あいさつ》せずに店を出ることになった。

憤った和之が「帰る」と言い残し、先に出ていってしまったのだ。

見送りに出た隆一と正輝に、直穂子は何度も平謝りした。

「ごめんなさい、本当にごめんなさいね。お料理残しちゃって、ご迷惑をおかけして。

隆一さん、これ、私がやってる画廊カフェの名刺。近くに来たら寄ってくださいね。ご馳走《ちそう》させてもらいますから」

「ありがとうございます」と和紙の名刺を受け取った。

「正輝、気にしないで。お母さん、また来るから。今度はお友だちと一緒に」

泣き出しそうな直穂子の顔が、エレベーター扉で隠れていく。

エレベーターの下降音が止まるまで、隆一たちは立ちすくんでいた。

「あの人はいつもこうだ。頑固ですぐ切れる。昔と何も変わってない。伊勢さんに申し訳なくて恥ずかしいよ」

苦し気に述べたあと、正輝はそっとつぶやいた。

「……ソムリエにもなれない、か」

「あの、正輝さん……」

何か声をかけたかったのだが、瞬時に遮られた。

「どうせ俺は、あの人にはなれないからな。……室田さんにも」

すべてを拒絶するかのように、クルリと背中を向けて店内に戻っていく。

どうせ俺は――。

悲しそうに揺れた正輝の瞳《ひとみ》が、隆一の脳裏に焼きついてしまった。

翌日から、正輝は変化した。

まったく笑わなくなり、口数が激減してしまったのだ。

隆一や陽介が話しかけても、「ああ」「いや」などの相槌《あいづち》くらいしかしない。

以前は、仕事終わりにみんなで食事や飲みに行くこともあったのだが、先日、陽介が誘ったら、「そんな時間があるなら勉強する」と冷ややかに断られた。

休日はワインスクールに通い、仕事以外の時間はワインやカクテルの勉強に費やす。睡眠時間も削られているようで、ふらついているときもある。そのせいなのか、グラスを割ったりオーダーミスをしたり、人が変わったかのように凡ミスを連発している。

「正輝さん、何と闘ってるんですかねえ？」

室田の病室で、陽介が伊勢に話しかけた。

正輝はワインスクールのため、隆一たちは三人だけで見舞いに訪れていた。

「ソムリエの認定試験を受けるつもりらしい。今年はエントリーを締め切ってるから、受けるのは来年になるけど」

伊勢の言葉に、隆一と陽介が顔を見合わす。

「隆一、知ってた？」

「初めて聞きました」

「だとしたら、ちょっと頑張りすぎかもしれないわね。まだ来年の話なのに」

また少し痩《や》せたように見える室田が、見舞いで持参したフラワーアレンジメントに目をやった。鮮やかなオレンジのガーベラや、白バラが咲き誇っている。その横には、室田の娘・美羽の写真が飾ってある。

「お父さんがいらしてから、正輝さん、明らかにおかしいんです」

隆一も伊勢に訴える。

「ソムリエにもなれないって言われちゃったから、意地になってる気がします。でも、あれは畏縮《いしゆく》してたせいだったんですよ。普段の正輝さんじゃなかったんです。だから、そんなに気にしなくてもいいと思うのに」

「ショックだったんでしょうね、自分の至らなさが。正輝は生真面目で一途なところがあるからね」

「そうなんです」と、訴える相手を室田に替えた。

「このまま放っておいたら、正輝さんダウンしちゃうかもしれない。何か手を打たないと……」

「隆一に打つ手があるのか?」

ふいに伊勢から尋ねられ、「いや、それは……」と口ごもる。

「今は信じるしかない。重さんの代わりをやると言い出したのは正輝だから、俺はアイツを信じるよ」

伊勢はきっぱりと言った。

「そうね。正輝は悔しさをバネに努力してるわけだから」と室田が頷《うなず》く。

「前にも言ったけど、悔しいと思う気持ちって、うまく自分に向けると飛躍のエネルギーになるのよ。他人に向けるとマイナスのエネルギーになって、挙句の果てにはエネルギー泥棒になるけど」

「泥棒？　なんですかそれ？」

陽介がきょとんとした顔をする。

「たとえば、悔しさから生まれたエネルギーを、ちゃんと自分に向けられない人は、誰かや何かのせいにしてそれを恨む。妬《ねた》む。消化できないままドロドロと悪感情を溜《た》め込んで、エネルギーをマイナスにしちゃうの。それを補うために必要なのが、他人のエネルギー。だから、泥棒になって他者から奪うわけ。必要以上に長い愚痴とか、中傷行為で相手を疲弊させてね」

「確かに」と即座に陽介が相槌を打つ。

「延々と愚痴るヤツっているけど、聞いてると疲れますもんねえ。あれはエネルギーを吸い取られてたのか。でも、友だちだしなあ。室田さん、泥棒されそうになったらどうすればいいんですかね？」

「その愚痴話から逃げる。楽しい話題に切り替えたりね。それが一番よ」

「じゃあ、自分が愚痴って泥棒しそうになったら？」

再び陽介が興味深そうに尋ねる。

「まずは、悔しい気持ちがあることを認める。恨んでも妬んでもいいのよ。人ってそれほど強くないんだから。そういう感情が自分にあることを受け入れる。そしてガス抜きの愚痴をこぼしたら、できるだけ楽しいことや好きなことに目を向けるの。趣味でもなんでもいいからさ。ネガティブになった感情を、少しだけポジティブにずらすのよ。それだけで大丈夫」

室田は、菩薩《ぼさつ》様のようにたおやかにほほ笑んだ。

「なるほど。オレならサッカー見たりメシ食ったりするかなあ。あと、弟や妹と一緒に猫と遊んだり」

大家族の長男である陽介。四人の弟と二人の妹、そして両親。総勢九人の賑《にぎ》やかな家庭環境だ。全員が猫好きで、三匹の飼い猫がいる。

「陽介は大丈夫よ、ずらし方を会得してるから。サッカーの件で」

「……ああ、そうかもですね」

陽介が照れたように目を伏せた。

高校までフォワードとしてプロサッカー選手を目指していた陽介には、ミッドフィルダーのチームメイトがいた。名コンビと呼ばれていたらしい。その仲間は海外のプロチームに入団したが、自分はどこのチームにも入れなかった。

プロになった仲間に逆恨みし、酒に酔っては暴れた時代もあったそうだが、三軒亭に入店して落ち着きを取り戻した。今では明るくて気さくなギャルソンとして、店に欠かせない存在となっている。

「あと、隆一くんもね」

室田がこちらに目を向けた。

自分は……。

芝居を諦《あきら》めてから、現役俳優である南に嫉妬《しっと》めいた感情を抱いたこともあったが、そんな未練のようなものからは脱したと思っている。嫌なことはいくらでもあるし、かなり直情的な性格だけど、今の仕事が楽しいと感じられるのは、少なからず幸せなことだと思える。

「室田さん、オレら今、クレープシュゼットの練習してるんです。早くカッコ良くできるようになりたくて」

オレンジを剝《む》く動作をしてみせながら、陽介がうれしそうに言った。

「何かの目標を持つのも、いいエネルギーの使い方よね」

……エネルギー泥棒、か。

たまに室田は、理解できそうで完全な理解は難しい、観念的なことを言う。今回もそうだ。だが、今の話は覚えていると役に立ちそうだなと、隆一は頭のメモに記録を取った。

「だから、正輝にも頑張ってほしいの。あの子はね、一人でここに通ってるのよ。あたしにワインのこと、カクテルのことを聞きにね。どんどん吸収して目標に向かってるから、その点は大丈夫だと思うけど……」

室田はまた、見舞い花と美羽の写真に視線を向けた。

「親御さんのことはちょっと心配ね。そのせいで集中できないんでしょうから。アタシの父親も頑固だけど、正輝の話は相当だわね」

そうだ。父親との確執が、正輝の精神状態を歪《ゆが》めている。

なんとかできないのだろうか？

お節介かもしれないが、奇しくも藤野家と関わってしまったことに、意味があるような気がしてならない。

もう一度、正輝が父親と対峙《たいじ》する機会が作れたら。

そこで勉強の成果を発揮できたとしたら……。

隆一は、みんなの顔を見回しながら声を上げた。

「僕、ちょっと思いついたことがあるんです」

翌日の正午、三軒亭への出勤前。

隆一は陽介と共に、田園都市線・あざみ野《の》駅が最寄りの画廊カフェにいた。

正輝の母・直穂子が営む小さな店。趣味の良い日本画がいたるところに飾ってある。陶器の和食器なども展示され、ほのかに香の匂いが漂っている。

マンションの一階が店舗になっているのだが、老舗《しにせ》旅館の一角にあるかのような、静かで落ち着いた佇《たたず》まいの和風カフェだ。

入り口の手前が展示スペースで、奥がカフェ。角のテーブル席に座った隆一たちが、直穂子と同年代の女性スタッフに「オーナーの藤野さんはいらっしゃいますか」と尋ねたら、奥の扉から着物姿の直穂子がやってきた。彼女は「本当に来てくれたんですね」と快く迎えてくれた。

「はい。先輩の陽介さんと二人で来ちゃいました」

「こんにちは。先日はご来店いただいて、ありがとうございました」

「陽介さん。覚えてますよ。正輝がお世話になってます」

「いえ、こちらこそ」

「なんでも好きなものを頼んでくださいね。とはいっても、甘味と飲み物しかないけど」

メニューの中から〝抹茶と和菓子のセット〟を選び、「少しお話ししてもいいですか?」と直穂子に尋ねたら、「もちろん」と隣のテーブルに座ってくれた。

室田の見舞い中に隆一が思いついたのは、実に単純な方法だった。

「お母さんに相談して、もう一度ご両親を招待するんです。で、今度こそお父さんに有無を言わさない、最高のおもてなしをするんですよ」

お節介はしないほうがいい、と伊勢に言われたが、陽介はすぐに賛同し、室田も否定はしなかった。

「ご両親に、ちゃんと最後まで三軒亭の食事を楽しんでほしいんです。正輝さんの挽《ばん》回《かい》のチャンスを作りたいんです。お願いします!」

懇願した隆一に押されて、伊勢は「招待できる方法があるなら考える」と言ってくれたのだった。

ほろ苦くて香り高い抹茶と、控えめな甘さが美味《おい》しい水ようかんをご馳《ち》走《そう》になりながら、隆一と陽介は直穂子に相談をした。もう一度、和之と二人で三軒亭に来てもらえないかと。

「私がまた行こうって言っても、無理かもしれません。とにかく頑固で意地っ張りだから。それに天邪鬼《あまのじゃく》なところもあるし。普段は無口なんだけど、お酒を飲むと攻撃的になっちゃうんです。まだ正輝のことがわだかまりになってるようで……」

一人息子に跡を継がせようと、病院を大きくしてきた和之は、正輝が医大を中退したいと言い出したとき、怒りで和室の障子を何か所も突き破ったそうだ。

「動物実験が耐えられない？　残酷すぎる？　どの医者だって研究者だって、好きでやってるんじゃない。そうしなければ未来の命を救えないから、あえて苦難を乗り越えてきたんだ。それを、いかにも高尚な理由のように言いやがって。お前は単なる臆《おく》病《びょう》者だ。今すぐ出ていけ！」

そんな風に叫びながら。

「あの人もね、本当は画家になりたかったらしいの。でも、実家を継ぐために諦めた。だから、息子にもそれを望んでしまったんでしょうね。で、キレちゃった」

ため息と共に、直穂子が事情を語り続ける。

正輝が家を出て以来、息子の話をすることがなかった和之だが、直穂子が説得を続け、やっと三軒亭に連れていったのが先日だったらしい。それも残念な結果となってしまったのだが。

「でもね、お酒が覚めてから、あの人なりに反省はしてたんですよ。お料理は本当に素晴らしかったのに、メインを食べずに出るなんて最低だって。……基本はやさしい人なの。やさしくて少し弱くて、それを隠すためにすぐ吠《ほ》える。立場上、外で弱さは見せられないから、内弁慶になっちゃったというか」

黙って直穂子の話を聞きながら隆一は思う。

なんだかんだ言いながらも、夫の吠える声を受け流せてきたこの女性は、とってもなく強い人なのだろうなと。

「正輝が小さい頃は、あの人も普通の父親だったんですけどね。お休みの日は外食して、家族で手を繋《つな》いで帰ったりして。なのに、いつの間にか話さなくなっちゃって。あの人は正輝に小言ばかり言うし、正輝は畏縮《いしゅく》しちゃうし。関係が近い分、距離の取り方が分からなくなってたのかもしれないけど……」

困ったように笑う顔が切なくて、何を言えばいいのか分からない。

「外食って、ファミレスとかだったんですか？」

陽介が無邪気な調子で問い、話題を変えてくれた。

直穂子は首を横に振る。

「ファミレスって行ったことないんですよ。あの人が嫌がるから。いつも近所の洋食屋さんに行ってました。もう潰《つぶ》れちゃったけど」

「じゃあ、アレだ。コロッケとかロールキャベツとか。自分も大好きなんですよ」

「そうそう。あと、そこはクレープが美味しくて。必ず頼んでました」

「クレープ！　いいですねー。うちの店でもデザートにお出しするんです。オレンジの皮でフランベするクレープシュゼット。正輝さんが得意なんですよ」

それだ！

と、隆一の中で自分の叫び声がした。思わず身を乗り出す。

「再現してもらいましょう！　伊勢さんに」

月並みかもしれないが、現時点ではベストなアイデアだと思った。

「ご家族の思い出の洋食。ソムリエの猛勉強をしている正輝さんが選ぶワイン。なんか、いい夜になりそうな気がしませんか？」

……賛同の声は、二人から上がらなかった。

「あれ？　ダメですか？　このアイデア」

「……悪くないとは思うよ。思い出の料理で仲を取り持つ。ドラマとかでもよくある展開だしね。でも、お父さんに来てもらう方法がなあ……」

ズズ、と陽介が二杯目の抹茶を飲む。

「じゃあ、伊勢さんから招待されたとしたらどうですか？　たとえば、イベントを開催するから来てほしい、とか」

「イベント？」と首を傾げた直穂子に、「うちの店、たまにやるんですよ。設立周年のイベントとか」と説明した。

「たとえば、ゴッホをテーマにしたように、お父さんのお好きな著名人をテーマにイベントを行う。だから来てほしいって招待状を送ったらどうですか？　もう一度ゴッホにしてもいいし」

少しだけ考えてから、直穂子は答えた。

「破り捨てるわね、きっと。見え透いた手を使うなって」

「確かに。仲を取り持つための企画だってバレバレだもんな」

「……ですよね」

はあ、と陽介と隆一が同時に息を吐く。

「おっと、いい案が浮かんだ。デリバリーはどうかな？」

陽介が瞳《ひとみ》をきらめかせて隆一を見る。

「うちのスタッフが藤野家にお邪魔して、食事とワインを提供するんだよ。前にもデリバリーしたことあるじゃん。ＢＢＱ会場とか」

「陽介さん、無理ですよ」

「なんで？」

「正輝さんが行くわけない」

「……そりゃそうだな」

再び考え込んだギャルソンたちに、直穂子が申し訳なさそうに言った。

「ごめんなさいね、いろいろ考えていただいて。正輝がうちに来てくれるなら大歓迎なんですけどね。お義母《かあ》さんもよろこぶだろうし」

「お義母さん。もしかして、正輝さんのお祖母《ばあ》さんですか？」

尋ねた隆一に、「そう。うちの離れに住んでて」と言った直後、直穂子が息を吸い込んだ。

「お義母さん。そうだ、お義母さんがいる」

妙案が浮かんだようだった。

「義理の父が亡くなってから、しばらくハワイのお友だちの家に滞在してたんです。この春に帰国したんだけど……」

隆一たちは固唾《かたず》を呑《の》んで、直穂子の次の言葉を待った。


直穂子の画廊カフェを訪ねてから、二週間ほどが経った日の夜。

三軒亭に特別なゲストが現れた。予約時間ピッタリに。

「いらっしゃいませ！　お待ちしておりました、藤野様」

入り口扉を開けて待ちわびていた隆一が、テンション高めで迎え入れる。

最初に入って来たのは、とても目を引く老婦人だった。

「はいどうも。よろしくおねがいしますよ」

黒地に金の刺繍《ししゅう》をした襟付きのロングドレス。夜会巻き、と呼ぶのだろうか、美容室からそのまま来たかのように、黒髪を高く結ってピッチリと固めている。

両耳には金のリング型イアリング。金縁のトンボ型メガネの下で、アイメイクがバッチリ決まっている。左の中指には金のかまぼこ形の指輪。どうやら、今宵《こよい》のファッションはゴールドで統一しているようだ。

藤野玉子《たまこ》。七十三歳。

言うまでもなく、正輝の祖母である。

「お、お祖母様」と、正輝が驚き声を出す。

「久しぶりだねえ。ちっとも顔を見せないから、忘れるところだったよ」

ニヤリと紅《あか》い唇で笑んだ玉子を、「こちらにどうぞ」と隆一が案内する。

ファンキー、という形容が似合いそうな玉子に、他のゲストたちの視線が集まっている。見るからに元気そうで足腰もしっかりとした彼女のあとを、嫣然《えんぜん》とほほ笑む着物姿の直穂子と、眉間《みけん》にシワを寄せた和之がついて来る。

そんな三人の様子を、正輝は茫然《ぼうぜん》と眺めていた。

隆一たちが、家族の来店を内緒にしていたからだ。

直穂子が画廊カフェで閃《ひらめ》いたのは、祖父亡き今は藤野家の長でもある玉子に、協力を仰ぐことだった。

「うちの人、お義母さんには頭が上がらないの。だから頼んでみます」

そう約束してくれた通り、和之を引っ張り出してくれたのである。

テーブルの上座に玉子、向かい側に藤野夫妻が座った。

「あなた隆一さんね。直穂子さんから聞いてますよ」

いきなり玉子に話しかけられた。

「いえ、こちらこそ。来ていただけて光栄です」

「もうすぐワタシの誕生日でしてね。息子夫婦に外食がしたいってお願いしたんです。孫のいるお店で。正輝がお世話になっているようで、ありがとうございます」

「そんな、お世話になっているのは僕のほうです」

メガネの下から窺《うかが》うように玉子が見ている。そこに座っているだけなのに威厳があり、自然と襟元を正したくなる。

「お義母さん、お料理はお店にお任せしてありますから。お酒はどうしましょう？」

直穂子に尋ねられ、玉子が頷《うなず》く。

「飲みますよ、もちろん。正輝が選んでくれるんでしょ？」

「は、はい」

横にいた正輝が返事をする。前回以上に緊張した面持ちだ。

「お義母さん、このあいだ正輝が選んでくれたお酒、すごく美味《おい》しかったんですよ。私たちのオーダーしたお料理にちゃんと合わせてくれて。ねえ、お父さん？」

妻から目配せをされたが、和之は無表情のままだ。

――息苦しい沈黙が続く。

場を和ませねば！　とあわてた隆一の前で、玉子がゆっくりと口を開く。

「それは楽しみだねえ。正輝、まずは乾杯したいんだけど、何を出してくれるの？」

試すような視線を孫に注ぐ。

「えー、そうですね……」

前回よりも長く思案する正輝。

隆一の息が苦しくなり、鼓動が急速に速まっていく。

祖母の玉子は、和之以上にうるさ型なのかもしれない。

「……やはり、お祝いの席でもありますので、シャンパンをご用意しようかと思っておりますが」

「ああそう。シャンパン出しときゃ無難だからねえ」

玉子が飄々《ひょうひょう》と言った。

ドクドクしていた隆一の心臓が止まりそうになる。

「……ええと、お祖母様はシャンパンではないほうがよろしいのでしょうか？」

おずおずと質問した正輝に、「シャンパンは飲み飽きてるんだよ。ワガママ言ってごめんなさいよ」と言って、金縁メガネを右の中指で押さえた。和之も正輝も、釣られたように右中指でメガネを押さえる。三代にわたるクセのようである。

「今夜の主役はお義母さんだから、お義母さんの好きなものを頼んでくださいな」

おっとりと直穂子が言った。

「基本は正輝に任せるよ。シャンパンで乾杯のお決まりは勘弁だけどね。もっと自由に選んでくれていいから」

玉子はすっと目元を和らげる。

難癖をつけているわけではないのだろう。玉子も和之も、歯に衣着せぬタイプなだけなのだ。

「かしこまりました」

正輝が立ち去り、隆一もやっと、「お料理の準備をして参ります」と告げることができた。

「あー、君。隆一くん」

とても気まずそうに、和之が初めて声を発した。

「はい？」

「このあいだは失礼した。申し訳ない」

「です、でしょ」と玉子に指摘され、「申し訳ないです」と言い直す。

本当に、母親には頭が上がらないようである。

いえいえ、と会釈をして振り向くと、陽介がこちらに歩いて来た。すれ違った隆一に小さくラウルのポーズを取り、藤野家のテーブルへと歩いていく。挨拶《あいさつ》をしに行ったのだろう。

厨房《ちゅうぼう》に入ると、正輝が伊勢と話し合っていた。藤野家のコースメニューを聞いて、ワインを選ぶのだ。隆一も急いで加わった。

「――では、そのような流れで」

話を終えた正輝に、そっとささやいた。

「正輝さん、三番テーブル、よろしくお願いします」

「……隆一、図ったな」

低い美声を残して隆一を睨《にら》んでから、正輝はセラーに向かう。

はい、図りました。あとで罵《のの》られても仕方がないと思ってます。

勝手な段取りをして本当にすみません。

でも、正輝さんに勉強の成果を発揮してもらいたかったんです。

だから――。

あなたの努力が報われる瞬間を、どうか僕に見せてください！

正輝の広い背を見つめて、隆一は強く祈ったのだった。

アミューズを藤野家のテーブルに運ぶと、正輝がボトルを手に説明をしていた。

「ワインといえばヨーロッパ産が大半ですが、今夜はブランドにはこだわらずに、私がオススメしたいワインをお出ししたいと思います」

いきなり攻めの姿勢を見せる正輝。

「いいねえ。そのほうが面白い」と玉子が相好を崩す。

「で、何を選んでくれたんだい？」

「濁りスパークリング。北海道産の生ワインです」

「濁りスパークリング？」と直穂子が繰り返す。

「はい。そのままでも召し上がれる新鮮なブドウを、加熱処理せずに造るのが生ワイン。ろ過で濁りの要因となる酒石酸や澱《おり》を取り除かずに、ナチュラルに仕上げてあります」

隆一は「酒石酸……」と思わずつぶやく。

南が来店した際に、酒石酸が入ってしまったと正輝が謝っていたことを、思い出したからだ。

「本来のワインですと濁りや結晶が生じるのはご法度ですが、それが持ち味となるのが濁りワインなんです。澱にはミネラルや食物繊維、旨味《うまみ》も含まれています。あえて残すことでアルコール感が弱まり、ジューシーで飲みやすくなります」

濁りを一切許さない高級ブランドのワインではなく、それを逆手に取ったような手法で造る素朴な生ワイン。

どんな味なんだろ。飲んでみたい。

まだ味わったことがない隆一は、純粋にそう思った。

「ブドウの栄養素を取り除いていないため、ビタミン成分も一般的なワインより豊富とされています。クセが少ないので合わせるお料理を選びませんし、それに……」

正輝が玉子を見た。

「こちらの濁りスパークリングはアルコール度数も低めです。お祖母様はそれほどお酒がお強くないので、最初の一杯として選ばせてもらいました」

「そうかい。ありがとう」

玉子が満足そうに頷く。

「テイスティングされますか？」

正輝は和之に問いかけた。

「お前がコルクで確認したんだろう？」

「ええ。ですが……」

「だったらそのまま注《つ》いでくれ。同じ轍《てつ》を踏むほど愚かじゃないだろう」

ややや挑戦的な父親に「かしこまりました」と即答し、まずは主賓である玉子のグラスにワインを注ぐ。冷えたシャンパングラスが、ほんのりと白濁した泡立つ液体で満たされていく。見た目は日本酒の〝発泡濁り酒〟に近い。

「生ワインなんて飲むの初めて。トロンとしてて美味《おい》しそう」

直穂子の目が、好奇心できらめいている。

「生ワインは、ブドウ果汁に培養酵母を加えず、野生酵母のみで発酵を終わらせます。酵母の残りかすである澱を取り除かずに瓶詰されるため、ボトルの中で発酵が続いて微発泡のワインになるんです」

「すごいねえ、正輝。アンタは賢いからね。その頭は知識の宝庫なんだろうね」

やさし気に目を細めてから、玉子が「でもね」と続けた。

「知識だけあってもダメだから。大事なのはハート。『美味しいから四の五の言わずに飲め』。それだけでも、ハートがこもってれば伝わるから」

「……はい」と正輝が頷《うなず》く。

和之はうつむき加減で沈黙している。息子にソムリエの知識を要求した自分とは、まるで逆の意見をした玉子を、真っすぐに見られないのかもしれない。

「じゃあ、乾杯しましょうか。お義母《かあ》さん、お誕生日おめでとうございます」

音頭を取ったのは直穂子だ。和之が「おめでとう」と続けると、「めでたくなんてないよ、この歳になると」とうれしそうに述べ、微《かす》かに発泡する生ワインをひと口飲んだ。

「いいお味だねえ。フレッシュでフルーティー。正輝、グッジョブ」

ハワイに滞在していたためか、英単語交じりで孫を褒める玉子。直穂子も「美味しい」とほほ笑む。和之もぐいっとワインを飲み、「ジュースみたいに飲めるな」とつぶやいた。

「ボトルを冷やしておきますね」

正輝がその場を離れていく。

隆一はようやく料理の説明に入った。

「本日のアミューズは〝チコリとニジマスの燻製《くんせい》ひと口サラダ〟です。ニジマスの上にあるのはマス子。マスの卵の塩漬けです。粒が大きいのでプチっとした食感を楽しんでいただけると思います」

冷えた小さなガラス皿の上に載った、船型の野菜・チコリのサラダ。中には薄いピンク色の燻製と、イクラ状の卵がたっぷりと盛られ、その上に少量だけディルの葉が添えられている。

早速食べた玉子が、「お料理もいいねえ」と感嘆し、「燻製がねっとりしてる。熟成されてるね。チコリもマス子も新鮮だし、味付けもいい。こんな良さげな店でメインを食べないで帰る客なんて、本当にいるのかねえ？」と、とぼけた調子で言った。

「やだ、お義母さん。そんな人いるんですか？　信じられないわ」

和之を横目に、直穂子がチコリのサラダを頬張り、「あー、美味しい」と言葉を強調する。

「直穂子さん、いつも仕事と家事で大変なんだから、こんなときくらい羽を伸ばしなさいな」

「うれしい。そんなこと言ってくれるの、お義母さんくらいだから」

「今夜はちゃんとメインをいただいて、デザートも食べなさいよ」

「ありがとう。もちろんそうします」

藤野家の姑《しゅうとめ》と嫁は、かなり息が合うようである。

和之は黙って母親と妻の嫌味に耐え続けている。

「ほら、早く手をつけないと。ワタシら食べ終わっちゃうよ」

玉子に言われて、ようやく和之がアミューズの皿に手を伸ばす。

……少しだけ、彼が気の毒に思えてきた。

藤野家用の前菜として用意したのは、〝フォアグラとグリエールのオムレット〟だった。伊勢特製の絶品料理だ。

「有機卵とバターだけで仕上げたオムレット、つまりオムレツです。中にフォアグラのソテーとグリエールチーズがたっぷり入ってます。お好みで脇のトマトソースをつけてお召し上がりください。パンと一緒に召し上がっていただくのもオススメです」

「こりゃあいい香りだね。形も完ぺきだ」

玉子が手で匂いを手繰り寄せる。

「……これはすごい」と唸《うな》ったのは和之だ。

「オムレツっていうのは、フランス料理の古典でもあるんだ。かのナポレオンも好んで食べていたらしいからな。当然、ゴッホだって食べてるはずなんだ。しかもフォアグラのオムレツは、ゴッホが弟のテオと一緒に食べたという説がある。この店で出てくるとは思わなかった」

「お父さん、ラヴー亭の朝食もオムレツだったわね」

「ああ、そうだった。何を食べてもウマく感じたな」

「また行きたいわねえ」

「そのうちな」

夫婦の会話をにこやかに聞いていた玉子が、「冷めたら台無し」と黒塗りの箸《はし》を取った。

「フォークとかナイフが苦手でね。お箸で食べるのが一番」

箸でオムレツの中央をカットすると、とろけたグリエールが流れ出し、フォアグラの固まりが顔を出した。凄《すさ》まじいほどのシズル感である。

ひとかけらのオムレツを、箸で器用につまんで口に運ぶ。

「……こりゃもう、笑うしかないね。最高」

目を閉じて味わった玉子が、濁りスパークリングでのどを潤した。

「料理と合う。マリアージュだ」

「母さん、マリアージュなんて言葉、よく知ってるね」

和之は不思議そうだ。

「知ってるさ。フレンチは女子会のランチで行くし。ゴルフ仲間の」

「女子会……？　女子っていうか、ババ会だろ」

「おだまり」と玉子から睨《にら》まれ、和之が肩をすくめる。

「あー、あの、このあいだね」

直穂子が取りなすように会話に入ってきた。

「わたしもお義母さんに誘っていただいたのよ。女子会に。みんなでワイン飲んで、おしゃべりして。昼間のワインは背徳的で美味しいの」

「女同士で楽しそうだな」

「おかげさまで。お父さんのおかげよ」

「ホントそうだ。和之には感謝してるよ」

ほんの微かに和之の口元が緩む。

藤野家の食事が和やかに進み始めた。

「もう少しパンをいかがですか？」

カゴに入れたパンを持っていくと、三人ともお代わりをし、そのパンで皿の上をきれいに拭《ぬぐ》ってくれた。

ソースまで食べ尽くしてくれるのは、料理人にとってよろこばしいことである。

隆一は空になった三つの皿を、弾むような足取りで下げたのだった。


次に提供したのは、〝干し鱈《だら》とマッシュポテトのコロッケ〟。ミニカップに入れて添えた〝ピンダソース〟は、ピーナッツバターと牛乳に、サンバルというチリソースを加えたものだ。

「オランダのメジャーな食材のひとつ、干し鱈を使ったコロッケです。こちらのピンダソースもオランダの代表的なソースですが、多少のアレンジを加えてあります。その横のカットレモンだけでも美味しく召し上がっていただけると思いますので、お好みでどうぞ」

「お父さん、オランダだって。またゴッホにちなんでくださってるのよ、きっと」

「間違いなさそうだな。何度もありがたい」

「お飲み物はどうされますか？　まだ濁りスパークリングが残っておりますが」

正輝が和之に問いかける。

「そのままでいい。次の料理で何か合わせてくれ」

「かしこまりました。では、スパークリングをもう少しお注《つ》ぎしますか？」

「じゃあ、少しだけ」

「ワタシももうちょっとだけもらおうか」

「わたしはいいわ。次のワインを楽しみにするから」

「承知しました」

前回と打って変わったように、正輝はスマートな給仕をしている。味方である祖母の存在が、追い風になっているのかもしれない。

「これはそのままがいいね。レモンもいらない。カリッと揚がった衣の中に、クリーミーで甘いマッシュポテトと、旨味と塩味の利いた干し鱈。これだけで十分。ワインが進んじゃうねえ」

玉子は健啖《けんたん》ぶりを発揮している。

直穂子もサクッと音を立てて、美味《おい》しそうにコロッケを食べた。

「お義母《かあ》さん、甘辛いソースもコロッケに合いますよ」

「いや、いい。料理はシンプル・イズ・ベストだから。ところで隆一さん」

「はい」

「このコロッケはフランス料理なのかい？」

「えっとですね……」

——マズい。質問に答えられない。

コロッケがどこの料理なのか、調べたことがない。

「アメリカが発祥なんじゃないかしら？　なんとなくのイメージだけど」と直穂子が言い、「オランダかポルトガルのような気がするけどな。明治時代の貿易面から考えても」と和之が述べる。

「あの、少々……」

お待ちいただけますか、と続けようとしたら、正輝が俊敏に歩み寄ってきた。

「コロッケは、もともとクロケットというフランス料理から進化したと言われています」

滑らかな口調で語り出す。

「クロケットはホワイトソースにひき肉や魚介を入れて、コロッケ状にしたもの。いわばクリームコロッケですね。明治の文明開化で日本にも伝わったのですが、乳製品が手に入り辛《づら》かったため、ジャガイモで代用して作った。それがコロッケの始まりだとされているようです」

さすが、この店で一番のベテランギャルソン。

冷静で知的な通常運転の正輝が、そこにいた。

「うちはビストロですから、自由な発想の創作フレンチをご提供しています」

「つまり、ざっくり括《くく》ると洋食だね」

「そうですね。今回のコースは、〝洋食風の料理〟をテーマに構成しているんです」

臨機応変に対応する正輝を、玉子が頼もしそうに見ている。

「オムレツにコロッケ、メインはロールキャベツか。確かに洋食のメニューだ」

和之は伊勢が直筆したお品書きを手にしている。

やっと気づいた彼に、直穂子は「ビストロの洋食。最高でしょ」とほほ笑む。

「うちの近所にも洋食屋があったでしょ。昔はあなたともよく通ったじゃない」

「ああ、懐かしいな」

すると、金ぶちメガネをどこか遠くに向けて、玉子がしみじみと言った。

「ワタシとじいさんも二人でよく行ったよ。和之が生まれてからは三人。直穂子さんが来てからは四人で。ついには正輝も生まれて五人になった。和之も正輝も、あの店のクレープが好きだった。代々楽しませてもらったよねえ」

しんみりとした空気が流れる。

「じいさんが亡くなって、正輝も家を出て。あの店も潰《つぶ》れちまったからね。……仕方がないよ。永遠に変わらないもんなんて、この世にないんだから。祇園精舎《ぎおんしょうじゃ》の鐘の声、諸行無常の響きあり。生じたものは滅するって、平家《へいけ》物語でも語られてるくらいだからね」

「そうですよね。ちょっと寂しいけど」

直穂子が目を伏せ、和之があわてたように「正輝」と息子に話しかけた。

「はい」

「そろそろ次のワインをくれ。赤がいい」

「かしこまりました。お祖母様とお母様はいかがなさいますか？」

二人も賛同したので、正輝が準備に向かう。

隆一も「ごゆっくりなさってくださいね」とひと声かけてから、正輝のあとを追った。

「コロッケの説明、ありがとうございました。助かりました」

「ああ」

そっけない返事だったが、正輝の表情は穏やかだ。

次はメイン。今度こそ、最後まで楽しんでもらえますように。

隆一は今日何度目か分からない祈りを、天に捧《ささ》げたのだった。

「〝仔羊《こひつじ》のロールキャベツ　ローズマリーソース〟でございます」

ほのかにローズマリーが香る濃いコンソメ色のソース上で、大きなロールキャベツが湯気を立てている。

「柔らかくて甘みのある嬬恋《つまごい》の高原キャベツで、仔羊と野菜の煮込みを包みました。付け合わせはひよこ豆のピューレ。非常にコクがありますので、ロールキャベツと一緒に召し上がってみてください」

仔羊はゴッホの好物だったとされる食材。前回、和之たちに食べてもらえなかったメインの〝ナヴァラン〟を、伊勢がロールキャベツとして再現したのである。

三人は、正輝が選んだチリ産の赤ワインと共に料理を堪能《たんのう》した。

「ホント。キャベツが甘くて柔らかい。中のお肉もトロトロ。ひよこ豆のピューレも滑らかでいい香り。それにこのワイン」

直穂子がうっとりと赤ワインを飲む。

「……しっかりとしてスパイシーな味。やや重めだからお肉料理にピッタリね」

「品種はシラーとカベルネ・ソーヴィニヨン。ブドウの完熟味がチリ独特だって言ってたけど、その通りだね。ナイスセレクト。正輝はさ、やろうとさえ思えばなんでもできる子なんだよ」

口々に感想を言い合う女性陣。

「なんでもできる？　だったら医者にもなれたはずだろう。跡継ぎにリタイアされて、こっちは大変だったんだぞ。今も後継者選びで頭が痛い」

不満気に愚痴った和之を、玉子がぎろりと見た。

「前にも言ったろ。子どもは親の所有物じゃない。自由意志を尊重してやんないと」

動いていた三人の両手が、ピタリと止まった。

「和之。アンタは画家になりたかったのに、病院を継いでくれた。それには本当に感謝してるさ。ただ、ワタシもじいさんも強制はしなかった。どちらでもいいと言ったんだよ。選んだのはアンタ自身だったはずだ」

「そうかもしれないけど、長男が家業を継ぐのは当然だろう」

「昔はそれが当然だったねえ。和之のおかげで病院は大きくなった。医者としてもしっかりやってきた。すごいことだよ、それは」

「……私が何のために苦労してきたと思ってるんだ」

「正輝のためかい？」

「当たり前じゃないか」

「そうかねえ？　もしかしたら、〝長男は家を継ぐ〟という常識のためなんじゃないかい？」

「常識？」と和之が鋭く玉子を睨《にら》む。

雲行きが急に怪しくなり、隆一の身体が強張《こわば》っていく。

「じいさんがいつも言ってたからね。『長男が家を継ぐもんだ』って。刷り込まれちまったんだよ。それが常識だから、そうしなきゃいけないってね。幸いなことに、アンタは医者が嫌じゃなかったし、経営の才能もあった。きっと後継者選びだって上手《うま》くいくさ。だから、正輝には正輝の人生を送らせておやりよ。あんなに生き生きと仕事してるんだからさ」

「私が夢と引き換えにしたものを、刷り込みで片付けられるとは心外だ」

「あなた。今夜はお義母さんのお祝いなんだから」

「お前は黙ってろ。母さんと話してるんだから」

「またそんな言い方する。そんなだから正輝が出てっちゃったのよ」

「人のせいにするな」

また始まってしまった。メインの途中だというのに。

「ああ、ごめんなさいよ。ワタシが余計なこと言っちゃって。だから今まで、正輝の話はしないようにしてたんだけどね。……隆一さん、お手洗いはどこ？」

「ご案内します」

まさか和之さん、また帰るとか言い出さないよな……。

玉子を先導しながら、隆一は一抹の不安を感じていた。

その不安はまさに現実となってしまった。別のカタチで。

手洗いから戻り、早々とメインを食べ終えた玉子が、いきなり席を立ったのだ。

「じゃ、お先に失礼するよ」

え？　と驚く和之と直穂子に、玉子が片目をつむる。

「ボーイフレンドが車で迎えに来てくれるのさ」

「ボーイフレンド……」

和之が呆気《あっけ》に取られている。隆一も同様だ。

「年下のカワイイ男でねえ。ワタシ、今夜は遅くなるから。あとは二人で楽しんでおいで」

さっさと入り口に向かおうとする。

「ちょっと待って。本当に誰かが迎えに来るの？」

大あわての和之に「おや、信じないのかい？」と憤慨したように答える。

「だったらついておいでよ。もう近くに来てるから。スマホにメールが来たんだよ。待ってる、のあとにハートマークなんか入れちゃって。カワイイねえ」

カワイイを連発する玉子。相手がいくつの男性なのか、気になってしまう。

玉子さん、ファンキーすぎるよ……。

「お祖母様、帰ってしまわれるんですか？」

様子を窺《うかが》っていた正輝が、つかつかと近寄って来た。

「ご馳走《ちそう》様。また来るよ。ってゆーかさ、アンタこそ実家に顔出しなさいよ。ワタシが日本に帰ってきたのに冷たいじゃないか」

「……すみません」

「ここでいいよ。和之に送ってもらうから。じゃあね」

ドレスの裾《すそ》をひらめかせ、和之を従えて玉子が出ていく。

強烈なインパクトを残して。

「ありがとうございました」と頭を下げることしか、隆一たちにはできない。

厨房《ちゅうぼう》の伊勢にデザートは二人分だけと伝えたら、「また最後まで食べてもらえなかったのか」と苦笑された。

テーブルで一人ワインを飲んでいる直穂子の元へ急ぐ。

「隆一さん、言った通りだったでしょ。お義母《かあ》さんなら連れてきてくれるって」

「ありがたいです。でも、ボーイフレンドが来てるって、本当なんですか？」

「そうみたい。年下って言っても六十代なんですけどね。ハワイで知り合った人らしくて。いいわよねー、いつまでもお若くて自由奔放で。ハワイで若返って帰ってきたんですよ」

「すごくチャーミングなかたですね」

「ええ。頭も柔らかくて話しやすいし。正輝のことも相談してたんだけど、自然に任せたほうがいいって言われてて。……やっとお義母さんが協力してくれたのに、うちの人の頭は固いままみたいで。困ったもんですよね」

フーっと直穂子がため息をつく。

そう簡単に収まる父と息子ではないのだなと、隆一は認識を新たにしていた。

それでも、前よりは何かが少しだけ変化していると、信じたかった。


「デザートの準備をさせていただきますね」

二人きりになり、会話が途絶えてしまった和之と直穂子の前にワゴンを置いた。

ワゴンにはコンロと取っ手つきの小さな鍋《なべ》がセットされている。その脇に、クレープ生地やオレンジの載った皿。バター、グラニュー糖、オレンジ果汁の入ったカップ。そして、オレンジリキュールのボトルなどが置いてある。

「クレープシュゼットです。この場で仕上げをいたします」

少しだけ手が震える。

隆一がずっと練習してきたフランベだが、ゲストの前で実演するのは初めてだ。クレープを選んだのは、正輝と家族の思い出のデザートだったからだ。とはいえ、それを出したからといって、仲が取り持てるほど甘くはないと思う。

だが、自分がやれることなら、すべてトライしてみたかった。

まずは、オレンジのヘタの部分を横に薄くカットし、そこから柄の長い銀色のピックを刺し込んでオレンジを固定する。右手で専用ナイフを取り、ピックの先端に刺さっているオレンジの皮を剝《む》いていく。クルクルとピックでオレンジを回しながら、らせん状になるように。この作業が一番目の難関だ。

あ、と声が漏れた。途中で皮が切れてしまったのだ。

「失礼しました」

「隆一さん、緊張してますね。もしかして、まだ慣れてないとか？」

「はい。実は、お客様の前でやらせていただくのは初めてなんです」

直穂子に答えてから、二つ目のオレンジをピックに刺した。

和之の強い視線を感じる。

再び皮を剝く。途中で途切れないように慎重に。らせん状の皮が、なるべく長く垂れるように幅は細目で。

——今度は成功。

ホッとしながら、らせん状の皮がついた実をピックに刺したまま皿に置く。

火を入れた鍋にグラニュー糖を入れ、軽くカラメル状にする。バターを投入して混ぜ、オレンジ果汁を加えてトロミをつけていく。これがクレープのソースとなる。

丸いクレープを四つ折りにした生地を、四つほど鍋に入れた。調理用のスプーンでソースを絡めながら、煮詰めていく。

「このデザートは、十九世紀のイギリス国王・エドワード七世が、皇太子の時代に生まれたそうです。皇太子がモナコのカフェに行かれたとき、フランス人のシェフがクレープをフランベしてみせたんです。その青い炎のパフォーマンスに感動した皇太子は、同行していた女性の名前、シュゼットをこのデザートに付けてはどうかと提案され、クレープシュゼットという名前になったそうですよ」

クレープを煮詰めているあいだ、隆一は精一杯の解説をした。もちろん、事前に調べておいたから言える情報である。

「シュゼットって女性の名前だったんですね。バターとオレンジがいい香り」

直穂子の声で、鍋に集中していた意識が周りに向いた。

ゲストは藤野家のほかに一組。陽介が担当している男女四人組だ。そのすべての視線が隆一に集中している。

頭に血が上ってきた。舞台に立っていた頃、客席の知人を見てしまって集中力が途切れたときを思い出す。

「では、フランベしていきますね」

このフランベが、第二の難関だった。

取っ手の長いレードルにリキュールを注ぎ、コンロの火にかざす。瞬時にリキュールから青い炎が立ちのぼった。勢いよく燃えている。

おお、と周囲から声がする。

先ほど皮を剥いたオレンジのピックを右手で取り、火がついたままのリキュールを実から皮にかける。

う——。右の手の甲に熱さを感じた。火であぶられてしまったようだ。

しかし、痛みなど微塵《みじん》も感じない。何度も経験している軽度の火傷《やけど》である。そのせいで、隆一の右手の甲は中央が黒ずんでいる。

動揺を気取られないように笑みを浮かべ、仕上げを進めた。

らせん状の皮を伝って、青い炎をまとったリキュールが鍋のクレープに注がれていく。オレンジが一気に香り立つ。

「炎がキレイ……ステキですね」

「ありがとうございます」

直穂子に礼を述べ、二つのデザート皿に鍋からクレープを盛りつけた。スプーンでソースをまんべんなくかけ、和之と直穂子の前に置く。

「ぎこちなくて申し訳ありません。どうぞお召し上がりください」

すると、和之がミネラルウォーターのグラスから氷を取り出し、おしぼりに載せた。

「手をかしなさい。右手」

「え？」

「早く」

「は、はい」

隆一の赤くなっていた右手の甲に、和之が氷を置いておしぼりを当てる。

「できるだけ早く冷やす。それだけでだいぶ違うから」

火傷した瞬間を見ていたのだ。やはり、医者の目は鋭い。

「ありがとうございます。本当に不甲斐《ふがい》なくて……」

「こちらこそ、ありがとう。一生懸命作ってくださったのね。今日のクレープ、絶対に忘れません」

感慨深く直穂子が言った。

「失礼します」

正輝が琥珀《こはく》色のボトルと小さなワイングラスを持ってやってきた。

「デザートに合うワインをお持ちしました。ラタフィア・ド・シャンパーニュ。シャンパーニュ地方で造られた甘口のワインです」

二つのグラスに琥珀色のワインを注《つ》ぐ。

ブランドにはこだわらずに選んできた正輝が最後に選んだのは、最上級のスパークリングワインを生み出す、シャンパーニュ地方のデザートワインだった。

「……デザートワインは頼んでない」

「サービスさせていただきます」

表情を変えずに、正輝が和之に答える。

「では、一体なぜ、このワインがクレープに合うのか、分かりやすく教えてくれないか」

和之が好戦的に問いかけた。玉子がいなくなったので、またソムリエ試験のような質問を始めるのかもしれない。

直穂子が黙り込み、隆一はおしぼりで手を押さえたまま立ちすくむ。

「……美味《おい》しいからです」

父親をしかと見据えて、正輝が答えた。

「は？」

「合わせると美味しいと私が思ったから、お出ししています」

「答えになってない……」

「いいから」と和之を遮り、正輝が息をすうっと吸い込む。

「四の五の言わずに飲め」

凄《すご》みを含んだ声。和之は怯《ひる》んだように息子を見ている。

「失礼しました。うちのギャルソンが丹精込めて仕上げたクレープシュゼットです。最高の一杯を私がサービスいたします。どうかお召し上がりください」

正輝さん、カッコいい……。

思わず惚《ほ》れそうになるくらい、そのときの彼は勇ましかった。

「いただきます」

直穂子がカトラリーを取り、クレープを食べる。すかさずグラスの濃厚なデザートワインを口に含み、「マリアージュだわ」とつぶやいた。

「クレープの爽《さわ》やかなオレンジと、アロマティックなワインの香りが混じって鼻から抜けていく。柑橘《かんきつ》のほのかな酸味、ワインの強い甘みが絶妙に絡み合ってる。素晴らしい組み合わせよ」

そこで彼女はカトラリーを皿に戻した。

「……クレープ、懐かしいわね。お父さんと正輝と私と、三人でよく食べた。あの洋

「あれはいつだったかな。まだ正輝が小学生の頃よ。洋食屋さんに行った帰り道。三人で手を繋《つな》いで歩きながら、お父さんが正輝に訊《き》いたの。『正輝、大きくなったら何になりたい？』って。正輝は『お医者さんになりたい』って答えた。『お父さんみたいなお医者さんになりたい』って。お父さんはうれしそうに『そうか』って頷《うなず》いてた。でも、正輝は動物が大好きで、やさしい子で……」

直穂子が瞳《ひとみ》を潤ませる。

食屋で……」

隆一の頭の中に、くっきりと映像が浮かび上がってきた。

幼い正輝。メガネをかけた聡明《そうめい》そうな少年。

父と母に手を繋がれて、夕暮れの街を歩いている。

三人の後ろに影ができている。両側の二つが大きくて、真ん中の一つが小さい影。

繋いだ腕のシルエットが、ぶらぶらと揺れている。

華やいだ笑い声がする。親子水入らずの幸せな光景だ。

――この世に変わらないものなんてない。

先ほど、祖母の玉子はそう言った。

でも、本当にそうなのだろうか。

過去の楽しかった記憶。繋いだ手のぬくもり。一緒に立てた笑い声。

それらは環境が変わっても、いくつになっても、心の隅に残るのではないだろうか。

まだまだ甘ちゃんの自分だからそう考えてしまうのかもしれないが、少なくとも、
隆一はそう思っていたかった。

「クレープ、美味しかった。これもすごく美味しい。ワインも……」

頬に涙が滴っている。その筋を拭《ぬぐ》うこともせず、直穂子はクレープを食べ、ワインを飲む。

隆一は思わず、もらい泣きしそうになっていた。

「お母さん。不出来な息子ですみません。自分に嘘がつけなくて」

正輝がうなだれている。声が少しだけ揺れていた。

「いいのよ。あなたは好きなことを自由にやればいいと思う」

「……やめろ。こんな茶番、もううんざりだ」

いたたまれなくなったのか、和之が席を立とうとした。

――これで万事休すか。

諦《あきら》めかけたその刹那《せつな》、「いらっしゃいませ」と後ろから声がした。

コックコート姿の伊勢が立っている。

「ご挨拶《あいさつ》が遅れてすみません。伊勢と申します。正輝さんには大変お世話になっております」

深々と頭を下げた伊勢に釣られ、直立していた和之もお辞儀をした。

「そんな、こちらこそありがとうございます」

涙を拭いながら直穂子も立ち上がり、一礼する。

「ああ、失礼しました。どうぞお座りになってお食事を続けてください」

柔和にほほ笑みかけられ、和之も直穂子と一緒に席に着いてしまった。

「先日はゴッホにちなんだ料理を作らせていただきまして、大変感謝しております。腕の振るい甲斐《がい》がありました。いかがでしたか？」

伊勢は切れ長の瞳で、和之だけを見つめている。

「いや、素晴らしかったです。ゴッホの作品や故郷にちなんだ料理。見た目も美しくて味も良かった。感服しました」

和之も笑みを浮かべ、「途中で退席してしまい、申し訳ないです」と謝る。

小首を少しだけ傾けてから、再び伊勢が唇を動かす。

「あれから私もゴッホに興味が湧きましてね。いろいろと調べてみたんです。今日の料理も、なるべくゴッホを感じていただけるようにしたつもりなんですよ」

「やはりそうでしたか。しっかり堪能《たんのう》させてもらいました」

和之は先ほどとは別人のように礼儀正しい。

「藤野様。ひとつ質問してもよろしいですか？」

「もちろん」

「ゴッホの話なんですけどね。藤野様はなぜ彼の作品がお好きなんですか？」

「それは……」

少し考えてから、和之が話し始めた。

「ゴッホは不器用で愚直な天才だった。だから崇高な作品を生み出せたんです。彼の絵には、どこか歪《ゆが》みがある。黄色の絵具を好み、大輪のヒマワリを題材にした作品が多いけれども、明るい絵の中にも暗い影が見えるんです。希望と絶望、日常と異常が入り混じっている。言うなれば陰と陽、二極の世界ですね。それはこの世の真理でもある。ゴッホこそ真の芸術家であり、哲学者だと思いますね」

饒舌《じょうぜつ》な和之。ゴッホの質問をされたのが、うれしくてたまらないようだ。

ゴッホをよく知らない隆一には理解できない部分もあったが、伊勢は「なるほど、分かるような気がします」と相槌《あいづち》を打つ。

「伊勢さんも絵画にお詳しそうですね。蟹《かに》が仰向《あおむ》けに盛られていたときは感動しましたよ。『あおむけの蟹』。あれはゴッホの中でも、私の好みの作品でしてね」

「あの日は鮮度のいいソフトシェルクラブが入ってまして。ゴッホがテーマなら丁度いいなと思ったんです。よろこんでいただけてよかった。ところで……」

急に表情を引き締めた。

「ゴッホは数奇な人生を送った人だったらしいですね。藤野様は当然ご存じでしょうけど、私は不勉強でしてね。調べて感銘を受けました」

「ほう。たとえばどんなところが？」

いかにも興味深そうに、和之が反応した。

「彼は経済的な理由で中学校を中退。十六歳でオランダの美術商に就職。仕事が合わなくて二十三歳で解雇され、その後イギリスで教師になるも長くは続かず、書店員となった。その仕事もすぐに辞めて伝道師になろうとしたが挫折《ざせつ》。二十七歳から絵の勉強を始めた。二十七歳。ああ、ご子息の正輝さんと同じくらいの歳ですね」

和之がちらりと正輝を見る。正輝と直穂子はピクリとも動かない。

隆一は伊勢が何を言おうとしているのか、気になって仕方がない。

「それから生涯をかけて創作を続けたが、売れた絵はほとんどなかった。しかし没後の今は、美術史に堂々と名を連ねている。人はどこでどうなるか、分からないものなんですよね。私は彼の生き様から勇気をもらいました。だって……」

そこでひと際、言葉に力を込めた。

「ゴッホは若い頃に迷い続け、打ち込めるものを探し続け、それを見つけた。貧しくても認められなくても、亡くなる直前まで絵を描き通した。誰がなんと言おうとね。そこまでの情熱を注げるものが見つけられるなんて、うらやましい限りです。好きなことを極めて、後世に遺《のこ》す。私の理想ですね」

——誰がなんと言おうと、好きなことを極める。

それができるなら。全力でまっとうできたなら。

幸せな人生だったと、散り際に思えるのだろうか——。

少しの間があって、和之がささやいた。

「……そう言う伊勢さんは、まだ見つけてないんですか？」

伊勢は晴れやかな笑顔を見せる。

「実は、見つけられたような気がしています。私の場合は料理ですね。もちろん、ゴッホには到底及びませんけど、もっと極めていけたらいいなと思ってます」

口調は穏やかだが、熱い言葉。

和之は、何かをじっと考えている。

「お父さん」

正輝が低く呼びかけた。

「俺も見つけました。情熱を注げるもの。誰に何を言われても、譲れないものです」

じっと和之を見つめている。

ああ、そうだったのかと、隆一はやっと気づいた。

伊勢の話は、正輝へのバトンだったのだ。

父親の前で今の宣言をさせるために、ゴッホを引き合いに出したのだろう。

いつの間にか、直穂子が白いハンカチを目元に当てている。

――しばらく息子と見つめ合った和之は、「そうか」とだけ言った。

「おしゃべりが過ぎて申し訳ありません。では、ごゆっくり。デザートとワインをお楽しみください」

静かに音も立てず、伊勢がその場から去っていく。

隆一と正輝もお辞儀をし、伊勢のあとに続く。

厨房《ちゅうぼう》に入ろうとした瞬間、和之の声が遠くから聞こえた。

「うまい。これがマリアージュ……か」

それは、ようやく父親が、息子の選択を認めた瞬間だった。

食事を終えた藤野夫婦を、エレベーターホールまで送った。隣には伊勢と正輝がいる。

「ご馳走《ちそう》さまでした。本当にありがとう」

直穂子が何度も礼を述べる。

横にいた和之が、ぼそりと正輝に言った。

「……まあ、ソムリエにはなれそうだな」

そう言い残し、さっさとエレベーターに乗り込んでいく。

隆一たち三人は、「ありがとうございました」と、いつまでも頭を下げ続けた。

クールに両親を送り出した正輝と、安堵《あんど》感で足元がふらついている隆一の肩を、二人のあいだに入った伊勢が両腕でガシリと抱いた。

「二人ともよくやったな。難しい局面をよく切り抜けた。重さんに今日の話をしたら、きっとよろこぶぞ」

その瞬間、正輝が久しぶりに笑みをみせた。

ほんの少しだけ、涙ぐみながら。

※

雨が降れば地が固まる。何も降らない地からは何も生まれない。

だから、どんなに強い台風でも、ときには耐える必要がある。台風一過のあとには抜けるような青空が広がり、大地からは命が芽生えるのだから。

ぼんやりと浮かび上がった言葉たちに、ポエムか！　と自分ツッコミをしながら、窓の外を眺めた。

小雨の降る三軒茶屋の街。うだるような暑さが和らぎ、木の葉がほんのりと色づき始めている。

「ちょっと話があるんだ。明日《あした》、少しだけ早めに来てもらっていいかな」

昨夜の閉店後に伊勢から言われたため、隆一たち三人は出勤時間の三十分ほど前に集合していた。

「来るのが早すぎたな」

バーカウンターの椅子に座った正輝が、カウンターに置かれた分厚い本のページをめくった。ワインの教本だ。

「ですねー。少しだけ前って、解釈が難しいですよね。それって十分？　二十分？

みたいな」

正輝の横に立つ陽介は、しきりにスマホをいじっている。

「十五分くらい前って、伊勢さん言ってたじゃないですか」

「そうだっけ？」

「そうですよ。なのに、僕も早く来ちゃいました」

隆一は大きく伸びをしてから、窓辺から離れてカウンターに近寄った。

三人ともすでに、黒で統一されたギャルソンの制服を身に着けている。

「伊勢さん、なんか深刻そうな声じゃなかった？　オレ、ちょっと胸騒ぎがしてるんだけど」

片手を左胸に当てた陽介が、話しかけてきた。

「そうですか？　僕はまたイベントでもやるのかなって思っただけですけど」

「そうかな。そうだよな。気のせい気のせい。あっ、そーだ」

ポケットからスマホを取り出し、画面を隆一に向ける。

「見てよ。うちのブサオ、またデブデブになっちゃってさ」

「わあ、大きくなりましたね。ブサオ、仰向《あおむ》けで寝てる。かわいいなあ」

陽介の猫が三匹、猫用ベッドの中で密着して寝ている。

真ん中の茶系のアメリカンショートヘアーが〝ブサオ〟だ。仰向けで大の字になり、気持ち良さそうに目を閉じている。舌がちょっとだけ出ていてたまらなく可愛らしい。ぷっくりとした腹だけは白い。

両側から二匹の猫がブサオにしがみつくように寝ていた。右側は〝クロ〟という名の黒猫。左側は白黒の〝ブチ〟。どう見ても巨漢のブサオが親で、その子どもがクロとブチである。実際は親子ではないし、ブサオが一番年下のはずなのだが。

「……めっちゃ癒《いや》されます。平和ですねえ」

「うん。癒しのワンショット。正輝さんも見てくださいよ、ブサオの腹」

スマホにちらりと目をやった正輝が、メガネを指で押さえながら言った。

「なあ陽介。なにを食べたらこんな腹になるんだ？」

「猫缶」

「……質問を変えよう。なん缶食べたらこんなになる？」

「えー、分かんないですよ。うち、三匹もいるんですよ。一応、三つの皿に入れて出しますけど、どの子がどのくらい食べてるのか把握できない……」

「しろ」

「え？」

「把握しろ。しないからこうなるんだろ」

「まあ、そーなんですけどね。ご飯あげるの母親なんで。うち大家族だから、何事も大雑把になっちゃうんですよね」

本をパタンと閉じ、正輝が陽介を直視する。

「いいか。まずは猫が一日に必要なカロリーを調べるんだ。で、その猫缶のカロリーも把握する。そこから計算した分だけしかブサオにはあげないようにしろ。もしかしたら、ほかの子の分まで食べてるのかもしれないぞ。どの子がどれだけ食べてるのか、ちゃんと観察したほうがいい。俺がそう切望していたとお母さんに伝えてくれ」

「めんどくさいって言いますよ、絶対」

「あのなあ、めんどくさいんだよ、動物を育てるのは」

ついに正輝が立ち上がり、陽介と向き合った。

「うちの実家にもプードルがいるけど、ちゃんとカロリー調整してるぞ。だから今もスマートだ」

「ちょっと待ってください。いま、今って言いましたよね？　正輝さん、実家に帰ったんですか？」

期待に胸を膨らませて隆一が尋ねると、「たまに逢《あ》いにいってる。親父のいないときに。前からだ」と、少し照れくさそうに答えた。

なんだ。お父さんと雪解けしたわけじゃなかったんだ。まあ、そんな簡単に物事が解決するわけないよな……。

でも、親子が台風を巻き起こしたのだから、いつか青空が覗《のぞ》く日が来ると思っていよう。

「そんなことはいい。ブサオの話だ。陽介もちゃんとカロリーを考えてやれよ。うちみたいに」

「もしかして、直穂子さんがカロリーコントロールしてるんですか？　カフェもやってるのに大変ですねー」

「……いや、ハウスキーパーさんが」

「ずるい、チートだ！　お金持ちの裏ワザじゃないですか！」

「待て。カネのあるなしは関係ないだろう」

「ありますよ！　貧乏ヒマなしって言葉、知らないんですか？」

「いや、聞いたことがない」

「そこでトボける理由を説明してくださいよ」

「分かった。じゃあ考えよう。どうしたらブサオがデブらなくなるか。たとえば運動だ。猫用の運動マシンを導入するとか……」

「やっぱり、お金持ちの発想じゃないですか」

「あ、猫缶の種類を変えるのはどうだ？　ローカロリーのがあるだろ？」

「……それならアリかもです」

「調べてみるか」

正輝と陽介は、額を寄せてスマホをいじり始めた。よかった。正輝さんが軽口を叩《たた》いてる。すっかり元に戻ったな。密《ひそ》かにほほ笑み、もう一度スマホ画面の中にいるブサオを見た。

福々とした寝顔。陽介の家族に愛されているのがよく分かる。

隆一は、のちにブサオと命名されるアメショーが、陽介に引き取られた瞬間に立ち会っていた。

この店からほど近い、大型のペットショップ。生後三か月くらいの愛くるしい子猫が大半の中、そのアメショーは明らかに浮いていた。ほんの少し目つきが悪く、生後十一か月で身体が大きくなっていたため、売れ残っていたのである。

赤いセール札をつけられたケージの中で、アメショーは退屈そうに欠伸《あくび》をしていた。どうせ自分の引き取り手なんていないからと、諦《あきら》めているように見えた。

連れて帰ってやりたいけど、家族に相談しないとな、などと思案していた隆一の前で、陽介はそのアメショーに話しかけた。

「ブサ猫、お待たせ。ウチに帰ろう」

まるで宝物を見つけた子どものように、瞳《ひとみ》を輝かせていた陽介の顔を、今でも鮮明に覚えている。

そして、猫のブサオは陽介の家族になった。

あれからもう、半年以上が経っている。月日の流れは驚くほど早い――。

「待たせちゃったか。ごめんな」

入り口の扉から伊勢が駆け込んできた。長めの黒髪を縛っていないため、いつもより若く見える。

「いや、いま来たばっかですよ、三人とも」

陽介がスマホをポケットにしまい込んだ。

「実は、みんなに報告があるんだ」

開口一番、伊勢はそう言った。

なぜか隆一の胸がざわつく。胸騒ぎというやつだ。先ほど陽介から言われたせいなのかもしれないが、次の言葉を聞くのが無性に怖かった。

「……もしかして室田さんの病状、ですか？」

真っ先に予想を口にしたのは、医療の知識がある正輝だ。

伊勢がゆっくりと首を縦に振る。

「実は、手術をすることになった。来週だ」

えっ？　と隆一と陽介が同時に声を発した。

「手術？　手術ってどういうことですか？」

正輝が伊勢に詰め寄り、早口でまくし立てた。

「アルコール性肝炎なのに、入院期間が長すぎると思ってたんです。見舞いに行くたびに瘦《や》せて顔色も悪くなってたし、薬の種類も変化していたようだった。聞くに聞けなくて黙ってたんですよ。オペが必要になるくらい病状が進行したのか、それとも肝臓の疾患から合併症を起こしたのか、それとも……」

「正輝さん。伊勢さんが困ってるじゃないですか」

やんわりと陽介が止めた。

「……ああ、すみません」

「いいよ。心配させてごめんな」

伊勢は目の横にシワを作り、白い歯を覗かせた。

「腫瘍《しゅよう》が見つかった。それで入院が長引いてたんだ」

——腫瘍。

思いもよらなかった言葉が、隆一の肩に重くのしかかる。

「悪性、じゃないですよね？」

再び正輝が問う。

「そこまでは分からない。重さんが教えてくれないんだよ」

嘘だ、と隆一の直感が告げていた。

共同経営者で親族の伊勢が、病状を把握していないなんて不自然だ。

目の前に灰色のカーテンが引かれたような感覚がして、地面が揺れたような気がする。そういえば、遠い親戚《しんせき》に悪性の腫瘍で急死した人がいた。

室田と同じく、四十代の男性だった——。

「でも大丈夫。手術すれば治るって本人が言ってるから。みんなにも伝えなきゃと思ってたんだけど、なかなか言うタイミングがなくて」

それも嘘だ。

心配させないように、伊勢は直前まで言わなかった。いや、本当は誰にも言いたくなかったのではないか。心臓移植手術を受けることを誰にも言わず、密かに渡米していた彼の元恋人・マドカのように。

「隆一、顔に悲壮感が出てるぞ。相変わらず、思考と感情がダダ洩《も》れだな」

伊勢が無理に明るく振舞っているように思えて、うまく笑えずにいた。

正輝と陽介も、無言のままでいる。

「本当に大丈夫。マドカだって治したんだから、重さんだって元気になる。絶対に」

自分に言い聞かせるように力強く言う。

でも、と隆一は想いを巡らす。

もしも、腫瘍が悪性で。もしも、万が一のことがあったら。

そんなことは考えたくもないが、脳裏にあの子の顔が現れてしまう。

公園のパンダに乗って無邪気にはしゃいでいる、白ウサギを思わせる幼子。

今はもう、十八歳になっているはずの少女。

「……あの、美羽《みわ》さんは？」

隆一は、思い切って伊勢に問いかけた。

「美羽さんは知ってるんですか？　実のお父さんが手術を受けるって」

伊勢が目を見張った。

「うちの母親に聞いたのか、美羽のこと」

「はい。聞いちゃいました。病室に写真が飾ってありましたよね。三歳くらいの女の子。室田さん、いつもベッドからそれを眺めてました。逢いたいんじゃないですか？　娘さんに」

「いや」と伊勢が苦しそうに目線を外す。

「美羽には絶対に知らせるなって、重さんに言われてるから」

言われてるから？　だから何も知らせないつもりなんですか？

もしかしたら、永遠の別れになる可能性だってあるかもしれないのに？

一瞬、伊勢を責め立てたい気持ちにとらわれたが、ぐっと言葉を飲み込んだ。

瞳を伏せた伊勢の肩が、以前よりも細くなった気がしたからだ。

この中で誰よりも事情が分かっていて、何もできずに辛《つら》い想いをしているのは、自分ではない。目の前にいる室田の甥《おい》だ。

「すみません、差し出がましいこと言っちゃって」

ああ、僕は無力だ——。

うつむいて足元を見ていたら、陽介が近寄ってきてポンと肩を叩いた。正輝も憂いを含んだ眼差《まなざ》しを向けている。

「それでな、みんなに相談なんだけどさ」

伊勢が声のトーンを上げた。

「重さんの手術の日、臨時休業にしてもいいかな？」

三人の顔を、一人ひとり見回す。

「あったり前じゃないですか！　伊勢さん、水臭いですよ」

「店が休みじゃなくても、俺は休んで病院に行きますから」

ほぼ同時に陽介と正輝が答え、隆一も「もちろんです」と頷《うなず》く。

「そう言ってくれると思ってた。ありがとう」

伊勢が目尻《めじり》のシワを、ますます濃くした。

（ネガティブになった感情を、少しだけポジティブにずらすのよ）

ふと、室田の言葉が浮かんできた。自然に口角が上がってくる。

「その日は、みんなで室田さんに逢《あ》いに行きましょう！　それで、BBQツアーの具体的な計画をするんです。予定を入れちゃいましょうよ。十一月あたりはどうですかね？　室田さん、回復してるんじゃないかなあ」

「いいね隆一、決めちゃおう。マジでオレが車で連れてくから」

「そうだな。そうするか」

先輩たちに賛同され、気分が明るくなっていく。

「十一月なら温泉に行くのもいいよな」

「正輝さん冴《さ》えてる。それもアリですね。露天風呂《ろてんぶろ》とかどうですか？　そのあとは浴衣《ゆかた》で宴会」

「だったら鍋《なべ》かな。酒は控えてウマい料理で宴会だ」

「えー、BBQじゃないんですかー」

「浴衣で屋外は寒いだろう」

「寒いからこそ、薪《たきぎ》の火であったまるのがいいんじゃないですか。隆一はどう思う？　鍋とBBQ」

「うーん、どっちも捨てがたいけど、まずは室田さんに相談しましょうよ」

そうだそうだ、とわざと笑い合う三人を、伊勢が黙って見つめていた。

手術当日の朝も、小雨が降り注いでいた。

梢《こずえ》を揺らす風が、病室の中にも雨の匂いを運んでくる。

「いい風。秋の香りがするわね」

ベッドに手術着姿で横たわった室田が、穏やかにつぶやく。

「もういいわ。隆一くん、ありがとう」

はい、と窓を閉めてベッドの脇に立つ。

「じゃあ、温泉で鍋ってことでいいですね」

正輝が得意げに宣言した。

「うん。やっぱり、寒くなったら鍋だわね」

室田に言われて、陽介がやや残念そうに「ですよね」とつぶやく。

「僕、良さそうな宿を予約しときます。箱根《はこね》か伊豆《いず》辺りで」

「オレたちも一緒に探すよ。ねえ正輝さん」

「ああ、もちろん」

「重さん、それまでには完治してくれよな。キャンセル料払うの嫌だから」

わかった、とほほ笑む室田の頬は、以前よりもだいぶコケていた。顔色も青白い。

まるで、薬物中毒者を演じる演技派俳優のようだ。

「雅子姉さん、遅いわね。来るって言ってたのに。そろそろ手術の時間だわ」

「そうだな。電話してみる」

スマホを手にした伊勢が、大きなストライドで扉に向かったら、そのスマホに着信があった。

「……はい。ああ、今どこ？　……えっ？　わかった、すぐ行く」

すぐに戻るから、とひと言だけ残して、伊勢は廊下に出ていった。

なにかアクシデントでもあったのかもしれない。

窓越しの小さな雨音だけが、室内を支配している。

やがて室田は、ギャルソン三人に慈愛に満ちた眼差しを向けた。

「本当にごめんなさいね。いろいろと迷惑かけちゃって」

いいえ、と毎度のごとく三人は頭を下げる。

「……優也とお店のこと、頼むわね。これからも」

もちろんです！　といつものように言おうとしたが、やけに真剣な表情の室田を前に、口が自由に動かない。

「優也には繊細なところがあるから。なにかの調子でダメになっちゃうときがあるかもしれない。どうか支えてあげてね」

胸がざわざわとしてきた。身体も動かせない。

隣の正輝と陽介も、隆一と同じように固まっている。

「あと、正輝」

「はい」

「あなたも繊細。それに生真面目すぎるところがある。でも、その分、細やかな気配りができるのよね。ソムリエ試験、あなたなら絶対に受かる。くれぐれも無理はしないで、自分のペースを見つけてね」

正輝が無言で頷く。

「陽介」

「ウィ！」

「アンタはそそっかしいし、猪突猛進《ちょとつもうしん》。壁にぶつかるかもしれないから気をつけないとね。だけど、その大らかさと自由な感覚は、ある意味才能だと思う。これからも、みんなのムードメーカーになってあげて」

再びウィ、と言った陽介が、ラウルのポーズを取った。

「隆一くん」

「は、はい」

「まだまだ弱いところがあるし、熱くなって周りが見えなくなるときもあるけど、一途《いちず》な純真さがあなたの武器になる。どうか周りの声に流されないで。いつまでも変わらないでいられるように、強くなってね」

「……嫌です」

「え？」

「そんな室田さん嫌です！　そんな言葉、今は聞きたくないです」

「隆一……」

陽介が心配そうに覗《のぞ》き込む。

「元気になって店に戻ってから、また言ってください」

ってゆうか、もうやめてください。まるで遺言じゃないですか！

そう叫びたい衝動は、なんとかこらえた。

ふふふ、と室田が笑った。

「だいぶ強くなってきたわね。頼もしいわ。あっそうだ、写真」

「写真？　この写真ですか？」

枕もとの写真立てを、正輝が室田に手渡した。美羽の写真だ。

「ああ、ありがとう。そうじゃなくて、五人で写真を撮ろうかと思ってたの。ケータイで。雅子姉さんが戻ってきたら、お願いしようかな。昨日もね、両親や弟が来てて、みんなで写真撮ったのよね……」

……室田さん、おかしいぞ。

さっきから隆一は、違和感が拭《ぬぐ》えずにいる。

写真を撮ろうなんて、今まで言ったことないのに。まるで、このまま逢えなくなってしまうから、みんなの思い出として残そうとしてるみたいじゃないか。

さっきのエールのような言葉もそうだ。卒業していく生徒を、激励する先生のようだった。

――いや、僧侶《そうりょ》だ。

今の室田は、この世への執着を捨てた僧侶みたいに見える。

まさかとは思うが、余命宣告でも受けているのだろうか？

それとも、アルコールが飲めないソムリエになってしまった自分に、絶望し切ってしまったのか。アルコールを飲めなくてもソムリエになる人は、意外と多くいるらしいのに。

だめだよ室田さん。諦《あきら》めちゃだめだ。

そんなの、あなたらしくない。

「室田さん、温泉行きましょうね。必ず」

隆一が念を押すと、「もちろんよ」と答えたが、声に覇気がない。

「写真が撮りたいなんて、珍しいですね」

正輝が言った。隆一と同じ思考を辿《たど》ったのかもしれない。

「これを見てて思ったのよ」と、手元の美羽の写真に視線を落とす。

「みんな、もう知ってるわよね。これ、アタシの娘。この写真しか持ってないの。もっと撮っておけばよかったな、って」

まだ三歳くらいの美羽の笑顔。

八歳のときに別れて以来、逢《あ》うことを許されなくなった娘。

たった一枚だけの、色褪《いろあ》せた写真。

おそらく、闘病中の室田を支えていたのは、もう二度と逢えない美羽の存在だったのだろう。

逢わせてあげられたらよかったのに……。

今さら考えてもしょうがないのだが、隆一は無念な気持ちになっていた。

「……だからね、あなたたちとも写真を撮っておきたくなっちゃって」

そのとき、ガラガラと音がして、看護師たちが病室に入ってきた。ストレッチャーを押している。

「室田さーん、お時間ですよ」

「ああ、はい」

足元をふらつかせる室田が、腕に名前入りのリストバンドをつけられ、ストレッチャーに乗せられた。美羽の写真は持ったままだ。

「優也、戻ってこないわね。雅子姉さんも」

やや残念そうに言った。

「オレが電話してみます」

陽介がスマホを持って廊下に出たが、速攻で「直留守だ」と戻ってきた。

「すぐに来ますよ」と根拠なき言葉をかけつつも、イライラする自分がいる。

伊勢さん、一体どこに行ったんだ？　こんなときにいなくなるなんて。

「じゃあ、移動しますね」

看護師に声をかけられ、「お願いします」と室田が答えた。

彼を乗せたストレッチャーが、病室から廊下に出た。

隆一たちは静かにあとを追う。そのまま手術室のほうに向かっていく。

室田は青白い顔で瞼《まぶた》を閉じ、両手で美羽の写真を持っている。

もう逢えなくなってしまうような気がして、目頭が熱くなってきた。

長時間に及ぶ大手術。必ず成功するとは限らない。運が悪ければ、オペの最中に命を落とすことだってあるそうだ。

まさか、もう帰ってこないつもりじゃないですよね？

そのまま、遠くへ行ってしまったりしませんよね？

ギャルソンたちに三軒亭の未来を託し、娘との思い出を胸に抱えて。

頼むから、諦めないでください。

どうか、三軒亭に戻ってきて——。


突然、後ろからパタパタと足音がした。

振り向くと、伊勢と雅子がこちらに向かって来る。

見慣れない制服姿の女子高生も一緒だ。

——女子高生？　まさか！


「お父さん！」


小柄で愛らしい、ツインテールの女子高生。

写真で笑っていた白ウサギのような面影が、しっかりと残っている。

十八歳になった美羽だ。美羽が来てくれたのだ！

「すみません、ちょっとだけ待ってください」

伊勢が看護師たちを呼び止めた。

突き当りに手術室が見える廊下で、ストレッチャーが停止した。

「お父さん」

横たわる自分を見下ろした娘を見て、室田は唸《うな》るように声を上げた。

「……なんで？　どうしてここに？　一人で来たの？」

「雅子叔母《おば》さんが連絡くれた。始発の新幹線で来た。一人で」

息を切らせながら、美羽が言った。額にびっしりと汗をかいている。

室田が愛《いと》おしそうに目尻《めじり》を下げる。

「よく一人で来れたねえ」

声がかすれている。

「東京駅で迷いそうになった」と美羽がほほ笑む。

「ありがとう。背が伸びたね。見違えちゃった」

「お父さんはあんま変わんないよ」

十年ぶりの父と娘の再会。

まるで、奇跡を見ているようだった。

「間に合わないかもしれないから、重と優也には黙ってたんだ。さっき優也を呼んで、入り口まで迎えに来てもらったの」と雅子が早口で述べる。

ああ、雅子さんが動いてくれたのだ。

美羽は実の父を忘れていなかったのだ。

福岡からたった一人で、ここまで来てくれた。

よかった。本当によかった……。

感動のあまり、隆一は何も言葉が出てこない。

「じゃあ、行きましょうか」

看護師の一人がストレッチャーを動かそうとする。

「待って！　美羽ちゃん、言いたいことがあるんだろ？　早く言わないと重さん行っちゃうぞ」

伊勢に背中を押されて、美羽が父親の手に自分の両手を重ねた。

「あのね」とはにかんだように話しかける。

「昔よくフレンチに連れてってくれたでしょ」

うんうん、と室田が頷《うなず》く。

「あの頃は味なんか分かんなかったけど、今、すごくフランス料理に興味があって。だからね……」

ごくん、と喉《のど》をならす。

「あたしね、いつか店を出す。フレンチの店。これから料理とワインの勉強する」

強い意志を宿した眼差《まなざ》しで、美羽が断言した。

その瞬間、室田の細めた目から雫《しずく》がこぼれた。

「……そう。そうなの」

雫が光る筋となって、耳のほうに流れ落ちていく。

やや離れた場所に立つ雅子が、声を押し殺して泣いている。

そういえば、彼女が言っていた。室田はたまの休みに、幼い娘をフレンチに連れていっていたと。

その頃の思い出が、美羽をフレンチの道に進ませようとしているのだ。

隆一は、潤む目を何度もこすった。

月日が経っても、関係性が変わっても、変わらないものだってあるじゃないか！

そう大声で叫びたかった。

医者になれという父の呪縛から逃れた正輝が、穏やかな目で美羽を見ている。

陽介は鼻をすすりながら、無言で拳《こぶし》を高く掲げている。

そして伊勢は……。

泣き続ける母親の背に手を添えて、自らの肩を震わせていた。

「またあとにしてくださいね。夕方には終わりますから」

やんわりと看護師が告げ、ストレッチャーが動き出した。

その横に張りついて一緒に移動しながら、美羽が必死の様相で言う。

「お父さん、いつかあたしの店に食べにきて。絶対だよ!」

片手で涙を拭《ぬぐ》った室田が、にっこりと笑った。

「分かった。それじゃあ、アタシも長生きしなきゃね」

最後に、「写真、また今度でいいわ。いつでも撮れるから」と隆一たちに告げてから、彼は手術室に消えていった。

またあとでね、と小さく片手を振りながら――。

エピローグ

「ありがとうございました。また来てくださいね」

満腹で眠そうなエルと、「もちろん、すぐ来ますよ」と微笑した小百合を送り出したあと、隆一はバルコニー席に戻り、宵闇に包まれた三軒茶屋の街に目をやった。

オレンジ色に染まっていたうろこ雲は灰色に変化し、その狭間《はざま》から白い月が顔を出している。ぼんやりと浮かぶのは、室田の笑顔だ。

……室田さん、今頃どうしてるかな。

しみじみと怒濤《どとう》の日々を想い返す。

病院で実の父親と言葉を交わした美羽は、その後、隆一たちとゆっくり話す間もなく帰路についた。

福岡の親には内緒で学校を休み、東京行きの新幹線に飛び乗ってきたという美羽。

手術の件で雅子が家の電話に連絡を入れた際、運よく出たのが彼女だったため、独断で来られたらしい。あの朝、雅子は東京駅まで美羽を迎えに行っていたので、病院に到着するのが遅くなったのである。

帰りは伊勢が駅までタクシーで送っていった。

去り際の美羽に「うちの店で修業してもいいぞ。皿洗いからだけど」とジョーク交じりで言ったら、「専門学校を卒業したら考える」と真剣に答えたそうだ。

まさかまさか、美羽がここで働く日が来るのか？

伊勢からの報告は、隆一たちを舞い上がらせた。

「そんなこと、させるわけにはいかないわよ。あちらの親御さんが気持ちいいわけないでしょ。もし相談されたら、別の店を紹介するから」

病室のベッドでそう言った室田の顔色は、見違えるように明るくなっていた。

長時間に及んだ手術は無事に成功。術後も良好で、間もなく退院できるという。

あとは、仕事に復帰できる日を待つだけだ。

ベッドの脇に飾られた写真立ては、二個に増えていた。一個は三歳の頃の美羽。もう一個は、隆一が撮っておいた現在の美羽の写真だ。

手術前はスタッフ全員で写真を撮りたがっていた室田だが、「やっぱり制服姿で撮りたいから」との理由で未《いま》だに撮っていない。

あのときの室田は、手術の失敗を覚悟していた。だから思い出の写真を残しておきたかったに違いないと、隆一は思っている。

生きようとする気力が感じられなかったからだ。

おそらく室田は、すべての欲を失《な》くしかけていた。この世に未練などない、とすら思っていたかもしれない。

そんな彼に、新たな欲を与えたのは美羽だ。

いつかオープンするであろう娘の店に、行きたいという欲望。いや、夢。


見たい。

聞きたい。

感じたい。

知りたい。

欲しい――。


どんなにささやかでも、どれほど尊大だとしても、夢は人を強くするのだと、隆一は学んだ気がしていた。

じゃあ、自分の夢はなんだ?

ふと考える。

マドカさんが帰国して、伊勢さんのキッシュを食べるところが見たい。

室田さんが復帰して、いつかの未来に美羽と仕事がしてみたい。

もちろん、それらは大切な夢なのだが……。


——ギャルソンのコンクールに出てみたい。


え？　と声が漏れてしまった。

確かに今、自分の中から聞こえてきた。

これまで考えたことすらなかった想いが、ごく小さな芽となって心の大地から頭を現したようだ。

実は、世界大会で優勝した日本人ギャルソンのドキュメンタリーを、ネットの動画で観たことがあった。

〝メートル・ドテル〟と呼ばれる給仕長は、フランスではシェフと同格の扱いを受けるサービスのプロ。フランスで開催されたその世界大会では、各国から集まった凄腕《すごうで》のプロたちが、一流のサービスを競い合っていた。

テーマに合わせてテーブルをセッティングし、ゲストに合うコースを選び、その料理の説明をする。もちろんフランス語で。

ワインのテイスティングや、料理を取り分けるサーブの技術も課題となり、目利きの審査員に細かく審査される。

優勝した日本人の男性は、とてつもない努力を重ね、何度かの挑戦を経た上で世界チャンプの座を勝ち取っていた。同じ日本人として誇らしくなり、身震いしてしまうほど感動的なドキュメンタリーだった。

あんな風に、自分もなれたなら……。

いや待て、なに言ってんだよ。クレープシュゼットのフランベだっておぼつかないのに、無理に決まってるじゃないか。ソムリエの免許も取らなきゃいけないし、テーブルを飾るフラワーアレンジメントだって勉強する必要がある。しかも、フランス語を覚えないといけないんだぞ。

やめとけ、自分。

とダメ出しをしたが、藤野夫婦の前でフランベをしたときの記憶が蘇《よみがえ》ってきた。未だに消えない右手の甲の黒ずみを眺める。

ああ、もっともっとパフォーマンスがうまくなりたい。

腕を磨いて、どこまで自分が通用するのか試してみたい。

分不相応な夢かもしれないが、一度芽生えた想いを無理に消す必要もないよな、と考え直す。

いつの日か、この芽が大きく育っていたら。

そのときにまた考えよう。それまでは野ざらしで放置だ。

結論が出たところで、また別の思考がむくむくと湧いてきた。


——可愛かったな、美羽ちゃん。


瞬間的に顔が熱くなる。

おいおい、なに考えてるんだよ！　相手は女子高生だぞ。

いやでも、僕とは四歳しか違わないんだよな……って、もうやめてくれ！

浮かんだ言葉と感情を全力で打ち消して、マドカの絵に視線を当てる。

……さて、この絵はどこに飾ろうか。

アンティーク風の額縁に入った、ポップだけど繊細で華やかな水彩画。赤い背景に浮かぶ、男性五人のシルエット。顔だけが子豚で耳も生えているという、かなりユニークな絵だ。

描かれているのは、シェフとソムリエと三人のギャルソン。まさしく三軒亭のスタッフ五人をデフォルメしたイラストである。

ロスアンゼルスにいる伊勢の元恋人で、イラストレーターを志していたマドカが描いたもの。

隆一は、小百合を通じてプレゼントされたその絵画を、テラスの壁の一角に立てかけた。テラス席の予約はもう入っていないので、ここに置いておけば誰かに触られる心配はない。

うん、いい。やっぱり三軒亭に飾るのにぴったりだ。

営業が終わったら、みんなを呼んで驚かせよう。そして、どこに飾るか相談しよう。きっとよろこぶだろうな。

――ただ、その場に室田がいないことだけが、残念で仕方がなかった。

最後のゲストを送り出したあと、スタッフたちをテラスに呼んだ。

「うっわ、すっげー」

陽介がいち早く歓声を上げ、「まさかこれ、俺たちか?」と正輝が目を丸くする。

伊勢は、声も出せずに絵画に魅入っている。

「素人目からしても素晴らしい水彩画だ。お袋に見せてみたい。あの人は画商でもあるからな」

正輝が絵画の前にしゃがみ込み、細かく観察を始めた。

「値段はつけられないでしょうけど、プロにも見てほしいですよね」

陽介も隣にしゃがんで絵を眺めている。

「でも、なんで顔だけ子豚なんですかねー？」

「見ての通り、豚を擬人化してるんだ。シャガールなんかも顔が猫で身体が人間の絵を描いてる。そんなに珍しいデザインではないが、ともすると不気味になってしまうからな。これはかなりセンスがいい」

親譲りなのか美術にも詳しそうな正輝が、しきりに感心している。

「マドカさんが描いてくれたんですよ。店のどこかに飾りましょうよ。このテラスもアリだし、レジの前でもいいし、本棚の横にも合う気がするんですよね」

はしゃぐ隆一を、伊勢が穏やかに見た。

「いや、やめておこう」

「え？　なんでですか？」

「重さんが帰ってきてからにしよう。五人で相談して、どこに飾るか決めるんだ」

やんわりと言い切られ、即座に反省する。

確かにその通りだ。よく考えてみたら、室田さんが復帰しないと、この絵を飾っても締まらない気がする。

「ですね。五人で決めましょう」

それがベストな選択だと、隆一も心底思う。

「おい、見ろよ！」

急に正輝が鋭く叫んだ。

「うわ、びっくりした。いきなりどうしたんですか？」

「メッセージが入ってる。英文だ」

陽介に答えた正輝が、絵の一点を指差す。

「メッセージ？」

まったく気づかなかった隆一は、急いで絵のほうへ歩み寄った。正輝が額縁に手をかけたので、運ぶのを手伝う。

「陽介、クロスを外せ」

「ウィ！」

瞬時に陽介が動き、正輝はクロスのないテーブルに絵画を水平に置いた。

「ほら、ここに小さく書き込んである」

言われたところを見ると、Madoka Shimizu と黒文字でサインがあり、その下に同じく黒文字で細かい英文が綴《つづ》られていた。

A great Chef always comes together with Server.

「ア・グレート・シェフ・オールウェイズ・カムズ・トウギャザー・ウィズ・サーバー？　意味がよく分からない……」

首を傾げた陽介に、正輝が言った。

「直訳すると、〝偉大なシェフにはサーバーがつきもの〟ってなる。サーバーは〝給仕人〟を意味してるんだろうな」

「つまり、伊勢さんにはオレたちがついてるってことですかね？」

「まあ、普通に考えたらそうだろう。ギャルソンもソムリエも給仕係だから」

「マドカさん、粋《いき》なこと書いてくれますねえ」

二人の会話を聞いていた伊勢が、ははは、と笑った。とてもうれしそうだ。

「なんですか伊勢さん。ひょっとして、おのろけ笑いですか？」

「こら陽介。口が軽すぎるぞ」

「いいじゃないですか。伊勢さん、マドカさんがここに来るの待ってるんだから。ねえ、伊勢さん？」

曖昧《あいまい》にほほ笑んでから、伊勢は「ポアロだよ」と言った。

「ポアロ？　エルキュール・ポアロ？」

訊《き》き返してしまった隆一に、ああ、と頷《うなず》く。

「ポアロのセリフ。作品内で言ってるんだよ。『偉大なる探偵に兄弟はつきものだ』って。それをもじったつもりなんだろう。あいつもクリスティーのファンだったから。

『偉大なる料理人には給仕人がつきもの』か。笑っちゃうよな」

こんなに楽しそうに笑う伊勢を見たのは、初めてかもしれない。

「それから、この子豚もポアロから発想してるんだよ、きっと」

「子豚もポアロ?」

また伊勢の言葉を繰り返してしまった。

「分かった。『五匹の子豚』ですね。ポアロ・シリーズの。この店の本棚にも翻訳文庫が入っている」

正輝がすぐに気づいた。

「そう。五匹の子豚はマザーグースのタイトル。数を数えながら歌う童謡だ。簡単に言うと、〃一の子豚はマーケットに行った、二の子豚はお留守番……〃とかね。クリスティーはマザーグースを小説で引用するのが得意なんだよ。『五匹の子豚』では五人の容疑者を子豚に喩《たと》えていた。代表作の『そして誰もいなくなった』では、マザーグースの数え歌を見立て殺人の題材として使ったし、そのまま『マザーグース殺人事件』とタイトルにした作品もある。……話してたら久しぶりに読み返したくなってきたな」

伊勢がますます楽し気になっていくので、隆一も無性にうれしくなる。

「じゃあマドカさんは、僕たちを子豚に見立てて描いてくれたんですね。ポアロにちなんで」

「おそらくな。彼女なら考えそうだから。いつも王道じゃなくて、斜め上を行こうとするんだよな」

今でも伊勢さん、マドカさんが好きなんだな。

そうはっきりと確信できるような、愛情のこもった言い方だった。

隆一は思わず、目を閉じて夢想した。

マドカが入り口から入ってくる。両手で花束を抱えて。

隆一たちギャルソンがテラス席に案内する。飲み物は紅茶かコーヒーだ。いや、もしかしたらワインかもしれない。

マドカを笑顔で迎えた伊勢は、最愛の女性に焼きたてのキッシュをふるまう。

そばには二人が育てたエルもいる。尻尾《しっぽ》を振って幸せの香りをクンクンと吸い込み、舌を出して笑っている。

復帰した室田も涙ぐみながら、伊勢たちを見守っている。

いつか必ず、そんな日が来る……。

「最高ですね！」

しまった、心の声が漏れてしまった！

だが、「ああ、最高だ」と伊勢が返事をしてくれた。

もしかしたら、彼も同じ夢想の中にいたのかもしれない。

「なんだか、乾杯したくなってきましたね」

陽介がウキウキと言った。

「確かに。一杯くらい飲みたい気分だよな」

正輝は喉元《のどもと》に手をやる。

室田の全快祈願で、しばらく誰もアルコールを口にしていなかった。

「じゃあ、たまには乾杯するか。重さん、回復の目途も立ったし」

オーナーシェフの許可が出た瞬間、ウォォー、と陽介がラウルのポーズを取った。

大げさだなあ、と隆一は密《ひそ》かに苦笑した。

「伊勢さん、残り物のシャンパンでも開けますか？」

「ソムリエに任せるよ」

「かしこまりました」

正輝がメガネの位置を直してから、姿勢よくセラーへと歩いていく。

「僕、グラスを用意しますね」

「たまにはいいヤツ使っちゃおうよ。シャンパングラス」

バーカウンターに向かう隆一のあとを、陽介が軽快な足取りでついてくる。

「グラスは五つで頼むな」

伊勢に言われて、「ウィ！」と威勢よく答える。

五つのグラス。

室田も入れた五人が、そう遠くはない日に揃い、三軒亭という舞台に立つ。

三軒茶屋の小さなビストロ。

オーダーメイドの美味な料理と、規格外のサービスを提供する店。

来る人の望みを叶《かな》えて、奇跡を起こす場所。

どんな悩みも苦しみも、ここにいれば魔法のように溶けていく。

この先も、ずっと――。

隆一はこの上なく幸福な気分で、主《あるじ》の帰りを待つバーカウンターに歩いていった。

料理・ワイン監修

シニアソムリエ・三宅章五

本作は書き下ろしです。

ビストロ三軒亭《さんげんてい》の奇跡《きせき》の宴《うたげ》

斎藤《さいとう》千《ち》輪《わ》

令和元年 9月25日　初版発行
令和7年 1月20日　3版発行

発行者●山下直久

発行●株式会社KADOKAWA
〒102-8177　東京都千代田区富士見2-13-3
電話　0570-002-301（ナビダイヤル）

角川文庫 21815

印刷所●株式会社KADOKAWA
製本所●株式会社KADOKAWA

表紙画●和田三造

●お問い合わせ
https://www.kadokawa.co.jp/（「お問い合わせ」へお進みください）
※内容によっては、お答えできない場合があります。
※サポートは日本国内のみとさせていただきます。
※Japanese text only

ISBN 978-4-04-108653-7　C0193

角川文庫発刊に際して

角川源義

第二次世界大戦の敗北は、軍事力の敗北であった以上に、私たちの若い文化力の敗退であった。私たちの文化が戦争に対して如何に無力であり、単なるあだ花に過ぎなかったかを、私たちは身を以て体験し痛感した。西洋近代文化の摂取にとって、明治以後八十年の歳月は決して短かすぎたとは言えない。にもかかわらず、近代文化の伝統を確立し、自由な批判と柔軟な良識に富む文化層として自らを形成することに私たちは失敗して来た。そしてこれは、各層への文化の普及滲透を任務とする出版人の責任でもあった。

一九四五年以来、私たちは再び振出しに戻り、第一歩から踏み出すことを余儀なくされた。これは大きな不幸ではあるが、反面、これまでの混沌・未熟・歪曲の中にあった我が国の文化に秩序と確たる基礎を齎らすためには絶好の機会でもある。角川書店は、このような祖国の文化的危機にあたり、微力をも顧みず再建の礎石たるべき抱負と決意とをもって出発したが、ここに創立以来の念願を果すべく角川文庫を発刊する。これまで刊行されたあらゆる全集叢書文庫類の長所と短所とを検討し、古今東西の不朽の典籍を、良心的編集のもとに、廉価に、そして書架にふさわしい美本として、多くのひとびとに提供しようとする。しかし私たちは徒らに百科全書的な知識のジレッタントを作ることを目的とせず、あくまで祖国の文化に秩序と再建への道を示し、この文庫を角川書店の栄ある事業として、今後永久に継続発展せしめ、学芸と教養との殿堂として大成せんことを期したい。多くの読書子の愛情ある忠言と支持とによって、この希望と抱負とを完遂せしめられんことを願う。

一九四九年五月三日

ビストロ三軒亭の謎めく晩餐

斎藤千輪

ラストにほろりと涙するミステリー

三軒茶屋にある小さなビストロには、お決まりのメニューが存在しない。好みや希望をギャルソンに伝えると、名探偵ポアロ好きの若きオーナーシェフ・伊勢が、その人だけのコースを作ってくれるオーダーメイドのレストランだ。個性豊かな先輩ギャルソンたちに気後れしつつも、初めて接客した元舞台役者の隆一。だが担当した女性客は、謎を秘めた奇妙な人物であった……。美味しい料理と謎に満ちた、癒やしのグルメミステリー。

角川文庫のキャラクター文芸

ISBN 978-4-04-107391-9

ビストロ三軒亭の美味なる秘密

斎藤千輪

人の温かみに泣けます！ お仕事グルメミステリー

三軒茶屋にある小さなビストロ。悩みや秘密を抱える人の望みを叶え希望を与える店。料理は本格派、サービスは規格外。どんな事情のゲストも大歓迎。今回のお客様は……。結婚を考えていた恋人の嘘に悩む男性。玄関前に次々と置かれる奇妙な贈り物を怖がる女性。"宝石が食べたい"と謎の言葉を残して倒れる俳優。ギャルソン・隆一の新たな悩み、名探偵ポアロ好きのシェフ・伊勢の切ない過去とは？ 大好評、日常の謎を解く感動のお仕事ミステリー。

角川文庫のキャラクター文芸

ISBN 978-4-04-108049-8

准教授・高槻《たかつき》彰良《あきら》の推察2

怪異は狭間に宿る

澤村御影

身近な怪異を「解釈」する民俗学ミステリ

「怪異が潜むのは、『日常』と『日常』の隙間にある『非日常』だよ」――怪異収集家の准教授・高槻と、嘘を聞き分ける耳を持つ大学生・尚哉の下に、小学校で噂のコックリさんの調査依頼が。「あなたは誰？」という質問の答えは、かつてそのクラスにいた児童の名で――。ほか、尚哉の耳に異変が起こる中、有名女優から幽霊相談が持ち込まれて……!? 高槻の謎めいた過去も語られ、ますます目が離せない、大人気民俗学ミステリ第2弾！

角川文庫のキャラクター文芸

ISBN 978-4-04-108152-5

最後の晩ごはん

秘された花とシフォンケーキ

椹野道流

海里と夏神が踏み出す、新たな一歩とは……!?

芦屋の定食屋「ばんめし屋」。節分の恵方巻きを振る舞う店員の海里《かいり》と店長の夏神《なつがみ》のもとを、作家の淡海《おうみ》が訪れた。彼は海里が小説のモデルであると発表し、騒ぎになったことを謝罪。そして罪滅ぼしのように、海里にオーディションを提案する。それは小さな店で行われる、往年の人気女優との朗読舞台。一方夏神は、昔懐かしい料理を復活させ、看板メニューにすべく動き始めるが、厄介な幽霊が現れ……。 心震えるお料理青春小説第12弾。

角川文庫のキャラクター文芸

ISBN 978-4-04-108450-2